Expressis Verbis

Nicole Frischlich

Expressis Verbis

Persönliches – in arte veritas

Kurzgeschichten und Erlebtes

Impressum

Bibliografische Information der Deutschen Nationalbibliothek:
Die Deutsche Nationalbibliothek verzeichnet diese Publikation in
der Deutschen Nationalbibliografie; detaillierte bibliografische
Daten sind im Internet über http://dnb.dnb.de abrufbar.

Lektorat: Nicole Frischlich
Korrektorat: Anonym
weitere Mitwirkende: alle, die in meinem Herzen sind

Herstellung und Verlag: BoD – Books on Demand, Norderstedt

ISBN: 978-3-7578-0911-9

Gedanken

Ich habe in den letzten Jahren eine längere Schreibpause eingelegt. Seit fast fünf Jahren habe ich mich nicht mehr an ein neues Buch gewagt. Obwohl ich ein weiteres fast fertiges Werk in der Schublade habe, fühlt es sich noch nicht vollständig an. Etwas fehlt. Ich weiß jedoch, dass ich eines Tages bereit sein werde, um es zu vollenden.

Worte lassen sich schnell finden, aber sie müssen auch gefühlt werden. In den letzten Jahren habe ich oft kleine lyrische Gedanken auf Englisch niedergeschrieben. Warum das so ist, kann ich nicht sagen. Manchmal ist unser Inneres jedoch ein ehrlicher Wegweiser und wir sollten ihm folgen.

In den letzten zwei Jahren sind auch immer wieder kurze Texte entstanden. Sie enthielten Erlebtes, Fiktives oder auch einfach Gedanken, die ich reflektieren wollte.

Durch meinen Umzug in ein anderes Bundesland haben sich viele Ver-änderungen ergeben. Das Leben bekam einen neuen Fluss. Beruflich bin ich in den letzten Jahren in die Welt des täglichen Journalismus eingetaucht.

Ich habe erfahren, dass an jeder Ecke ein Thema wartet, das nur einen Namen braucht. Begegnungen mit vielen Menschen haben mich viel gelehrt. Sie berichten über alle Höhen und Tiefen des Lebens. Über einzelne Momente und Erlebnisse, die für immer festgehalten werden. Über Manipulation oder auch Eigensinn.

Besonders fasziniert hat mich die Lokalpolitik, die Sorgen und Nöte, aber auch die Traditionen einer ländlich geprägten Landschaft.

Die Gesichter der Menschen sagen oft mehr als ihre Worte. Man muss nur hinschauen, um das Leben zu verstehen. Ich bin dankbar für diese Erfahrungen, die mir viel für mein eigenes Leben mitgegeben haben.

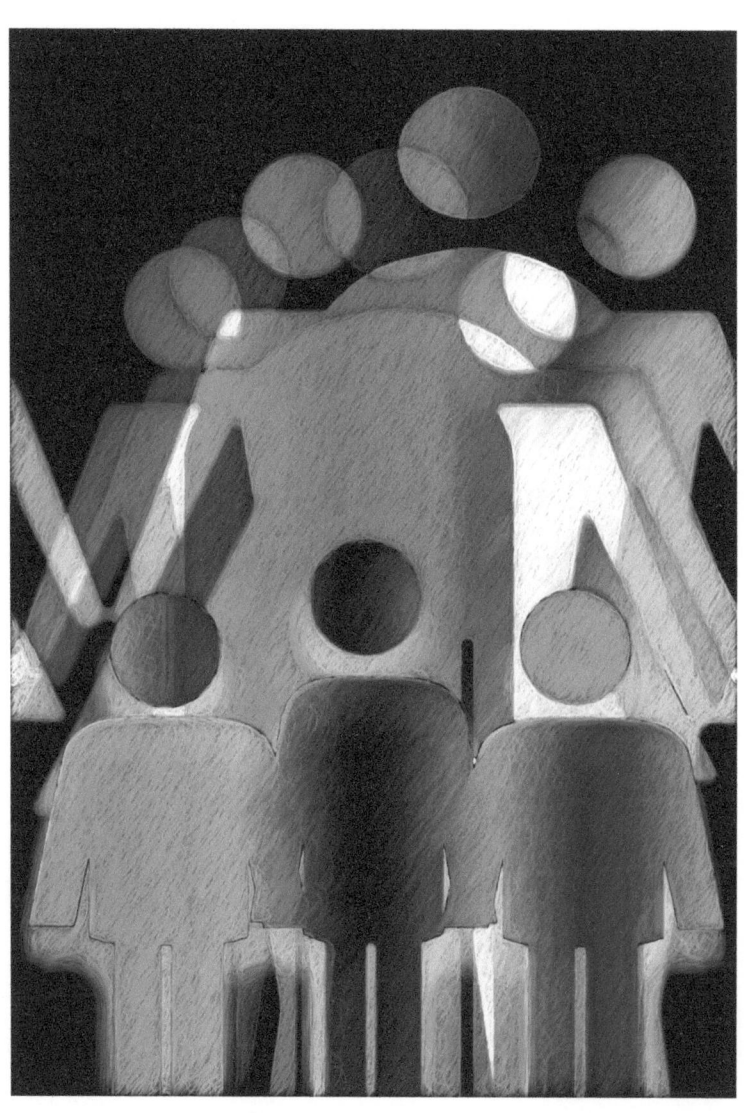

Wenn ich Dir zuhöre,
Dir in die Augen sehe,
dann sehe ich mehr,
als ich jemals verstehen werde.

Abschied

Abschied. Ein Wort, das gleich ein ganzes Konvolut an Emotionen mitreißt. Es hallt tief in der Seele und trägt viele Koffer voller Erinnerungen mit sich. Meist sind sie tiefgehend, selten flüchtig. Sie hinterlassen viel und benötigen kaum Worte.

Ich habe über dieses Wort nachgedacht. Was löst das Wort „Abschied" in mir aus? Geht es um Menschen, die einen beständigen Anteil in meinem Leben hatten und aus unterschiedlichen Gründen verschwanden? Oder symbolisiert der Abschied auch den Verlust von Gegenständen und Besitz? Abschied von der Lieblingsjeans oder den heruntergelatschten Schuhen, die in den Müll wandern mussten? Geht es nicht auch um Aufgaben, die ich munter vor mir hergeschoben hatte und deren Erledigung aus vollkommen unterschiedlichen Gründen zu diffizil waren? Oder mich einfach die pure Trägheit gelenkt hatte?

Und wenn der plötzliche Ruck dann doch vorhanden war und ich es irgendwie bewältigt hatte, mit Mühe und viel

Motivation - ist das nicht auch etwas, was das Wort Abschied aussagt?

Jeder Traum, den meine noch kindliche Seele gesponnen hatte und der im Laufe der Jahre in fremde Welten gewandert ist?

Sind es nicht auch diese Abschiede von geliebten Menschen, deren Abschied ohne Wiederkehr sein wird?

Meine erste Erinnerung stammt aus der Zeit, als ich den Kindergarten besuchte. Dort entwickelte sich eine erste, zarte Freundschaft zu einem Mädchen. Sie trug sogar den gleichen Vornamen wie ich.

Wir verbrachten viel Zeit miteinander, nicht nur im Kindergarten, sondern auch nachmittags. Irgendwann zog sie weg. Im Kindergarten fehlte etwas. An den Nachmittagen fehlte etwas.

Diese Lücke, die ein Mensch hinterlassen kann, war in meinem damaligen Alter zwischen vier und fünf Jahren eine erste Erfahrung. Das Begreifen, dass eine Veränderung jederzeit geschehen kann. Plötzlich ist da ein Gefühl, eine Lücke, die sich anders anfühlt. Ein leerer Platz.

Der nächste Abschied, an den ich mich erinnere, war der, als wir selbst umzogen. Ich vermisste meine alte Grundschule, die Lehrerin und alle vertrauten Gesichter meiner Mitschüler und Mitschülerinnen.

Abends lag ich im Bett und stellte mir vor, wie es wäre, wenn ich die Zeit zurückdrehen könnte. Es waren Menschen, mit denen ich jahrelang etwas von mir geteilt hatte. Sie hatten auch etwas von sich mit mir geteilt und plötzlich waren sie weg. Neue Menschen zogen in den Alltag ein und ich wusste nicht, wie ich mit ihnen umgehen sollte. Sie waren mir fremd und auch nicht ganz geheuer. Und schlimmer – sie blieben mir unbekannt und waren ganz anders. Ich entdeckte Eigenschaften, die mir fremd waren.

Immer wieder traten Menschen in mein Leben. Ob im Urlaub oder in der Freizeit, ob in der Schule oder zuhause. Manche Begegnungen verblieben einmalig und wurden wieder vergessen, andere kleben noch heute wie ein altes Pflaster fest. Die Zeit ist nur eine Randfigur.

Abschiede füllen und leeren unsere Seele zugleich. Den Abschied umarmen wir ungern. Wir lassen ihn lieber nicht in unser Leben. Abschiede können tief schmerzen oder Wege der Unendlichkeit eröffnen.

Im Laufe der nächsten Jahre folgten noch so viele Abschiede - eine unglaubliche Vielzahl, bei der der Einzelne plötzlich verstummt und nur ab und zu noch die Hand aus den Wellen heben kann. Noch heute schiebe ich manche Aufgaben zähneknirschend vor mir her und wenn Mut und Motivation mich überfallen haben, feiere ich den Abschied.

Den Abschied von meiner Unlust, meiner eigenen Lethargie. Je älter ich werde, desto klarer begreife ich, was ein Abschied mit uns macht. Dazwischen gibt es auch die Partnerschaften - die Menschen, die dir ganz nah wurden. Sie wurden dir oft näher als du dir selbst jemals sein kannst. Und das ohne es wirklich erklären zu können.

Abschied - das ist nicht nur ein Wort. Abschied ist etwas, was ohne Fragen und Antworten bleibt. Irgendwann stehst du alleine da und winkst den Erinnerungen zu. Munter und traurig zugleich, aber du weißt, dass es einfach so sein muss.

Au revoir

Der neue Mensch

Das Vorausdenken hat uns schon immer beschäftigt. Doch oft impliziert es ein Leben voller "Vereinfachungen". Wir sehnen uns nach einer Welt, in der wir Verantwortung abgeben können: Wir möchten Auto fahren, ohne nachdenken zu müssen, Nahrung kaufen und Sport treiben, ohne uns dabei anstrengen zu müssen.

Wir wünschen uns ein umfangreiches Wissen, aber ohne mühsames Vokabellernen. Eine Stimme, die uns erfolgreich durchs Leben führt, und Gesundheit, die niemals Schmerzen bereitet. Wir wünschen uns ein einfaches und geregeltes Leben. Das wäre doch herrlich und fein, oder nicht?

Doch sitzen wir inmitten der Stadt und starren auf die vorbeieilenden Körper, fühlen uns oft genau in diesen Momenten unbehaglich. Vor kurzem schickte mir ein Künstlerfreund ein Bild, das einen Mann seitlich aus dem Fenster starrend, zeigt. Das Bild war in monochromen Farben gehalten. Die Worte, die ich dazu las, ließen mich schaudern: "Ich habe diesen Kerl heute bei Starbucks gesehen. Er hatte kein iPhone, kein Tablet und kein Laptop. Er saß einfach nur da und trank Kaffee. Irgendwie unheimlich."

Ich fühlte mich ertappt. Wie oft saß ich schon in der Stadt in einem Café und zog mein Smartphone hervor, nur um in eine andere Welt einzutauchen, ohne das Geschehen um mich herum zu beachten. Lag es daran, dass es uninteressant war oder dass es meine Sinne nicht ansprach? Trank ich überhaupt meinen Kaffee oder schüttete ich nur etwas in meine Kehle?

Früher ging ich in Cafés, um zu schreiben. Ich hockte vor meinem Laptop und hämmerte Buchstabe für Buchstabe zusammen. Auch hier floh ich vor der Realität und tauchte ganz in meine Welt der Fantasie und Erinnerungen ab. Als junges Mädchen saß ich oft mit einem Buch und Kakao in Cafés.

Manchmal locken und verlocken mich Gedanken, die Zeit zurückdrehen zu können. Was wäre, wenn wir "schändlich Verlaufenes" korrigieren oder mit verbalen Angriffen anderer Menschen klüger umgehen könnten? Oft fehlen uns bei spontanen, verbalen Übergriffen schlichtweg die passenden Worte. Erst viel später spielen wir diese Situation erneut durch und wissen zu reagieren.

Wie viel einfacher wäre es, wenn uns ein Implantat zum Optimum führen würde? Oder was wäre, wenn wir durch die Zeit springen könnten? Es wäre auch spannend, ein Paralleluniversum zu erforschen.

Unendlich viele Möglichkeiten würden sich bieten und das Leben optimieren! Zumindest denken wir das oft. Ein Geflecht von Entscheidungen würde sich entwickeln, wenn wir einfach zögern, eine Wahl zu treffen. Wir würden gerne in die Zukunft sehen und die Kontrolle über alles haben, um mit minimalem Risiko ein erfolgreiches Leben zu führen. Wir würden uns gerne auf eine technisierte "Alexa" verlassen, die uns mit weichen, tonalen Schlägen auf einen erfolgreichen Lebensweg bringt, ohne dass wir Verantwortung übernehmen müssen. Wenn alles so einfach wäre...

Schon jetzt übertragen wir der Technik viel Verantwortung, da sie immer mehr in unser Leben eindringt. Überwachung ist ein wichtiges Wort geworden, das uns zwar erschreckt, aber schon lange nicht mehr schockt. Wir digitalisieren immer mehr um uns und applaudieren dazu.

All´ dieses stört uns nicht, sondern wird zum festen Bestandteil unseres Alltags. Wie Ameisen hetzen wir durch den Tag, träumen von einem "einfachen Morgen" und hadern mit Durchhaltevermögen und Ängsten.

Werte, die das soziale Gefüge aufrechterhalten, werden immer öfter in Frage gestellt.

Aber negieren nicht oft nur die älteren Menschen mit erschreckten Blick und Respekt vor allem die die "technologischen Entwicklungen"?

Wird es jemals einen Stillstand geben? Ein Ende der Fahnenstange? Und wenn ja, werden wir es überhaupt bemerken?

Der neue Mensch muss

in uns geboren werden

Friedrich Nietzsche

Eine lange Reise

Als Kind begreifst Du den Wert einer Familie noch nicht. Familie ist zumeist selbstverständlich. Sie ist immer da.

Aber Kinderohren hören zu. Sie hören Geschichten. Sie lauschen, wenn Oma und Opa von früher erzählen. Oft saß ich auf ihrem Schoß und hörte zu. Die Geschichten waren so fern, so ungewöhnlich. Fast als würdest Du sie gar nicht glauben. Denn eine solche Zeit war nicht vorstellbar. Sie erzählt aus dem Zweiten Weltkrieg. Wo vieles anders war. Als viele Tränen flossen und Menschen sich verloren. Wo Schutt, Asche und Hunger die Melancholie nährte.

Mein Opa war Musiker. Er beherrschte diverse Instrumente. Ob Saxophone, Klarinette oder Trompete. Im Zweiten Weltkrieg zog er zunächst nicht in die Schlacht, sondern spielte im Orchester. So reiste er viel. Im Ruhrgebiet geboren und aufgewachsen, lernte er in Hamburg seine Frau kennen. Sie verliebten sich.

Meine Oma verließ Hamburg für ihre Liebe und kam mit ins Ruhrgebiet. Mitten zu Kriegszeiten in schwierigen Zeiten. Sie war jung, fühlte sich alleine trotz ihrer Liebe. Verlassenheit, sie vermisste ihre Familie, ihre Geschwister und besonders die Stadt Hamburg.

Im Ruhrgebiet war ihr zunächst vieles fremd. Es wurde noch viel schwerer, als mein Opa immer wieder in den Krieg zog. Sie wurde schwanger und fühlte sich alleine. Irgendwann erreichte sie die Nachricht, dass ihr Mann vermisst sei. Irgendwo, irgendwo in Russland. Er könnte tot sein.

Sie wartete, hoffte und hielt es irgendwann nicht mehr aus und kehrte hochschwanger zurück nach Hamburg, fand Zuflucht bei ihrer Familie. In Hamburg hagelte es zu dieser Zeit Bomben. Die Menschen kauerten mehr im Bunker, als dass sie in ihren Häusern saßen. Die schwangeren Frauen wurden aus der Stadt in Sicherheit geschafft. Meine Oma landete irgendwann in Neustadt an der Ostsee.

Dort sollte sie ihr Kind gebären. Nicht zwischen Schutt und Asche in Hamburg, wo ein Alarm den nächsten ablöste und nichts mehr funktionierte.

Meine Mutter wurde geboren. Nach einiger Zeit konnte meine Oma nach Hamburg zurückkehren. Ihr Mann war immer noch vermisst und vermutlich dachte sie zu diesem Zeitpunkt, dass sie ihn nie wiedersehen würde. Dennoch raffte sie sich auf und fuhr wieder zurück ins Ruhrgebiet. Mit ihrem Baby zu den Eltern ihres Mannes. Dort gehörte sie hin. Vermutlich leitete sie die Hoffnung.

Der Krieg war schließlich nahezu verloren und vorbei. Aber sie konnte sich einfach nicht heimisch fühlen im Ruhrgebiet. Sie sprach stets von schweren Zeiten. Tage, die einfach vorbeigingen.

Sie beschrieb ihre Schwiegereltern als Fremde. Ihr „andere" Religion hat auch eine Rolle gespielt. Die Schwiegermutter starb dann auch noch. Die Nachkriegszeit tat vielen Menschen weh.

Nichts gab es zu erfahren über ihren verschollenen Mann. Ob sie die Hoffnung aufgab? Ich weiß es nicht. In ihren Erzählungen, wenn ich auf ihrem Schoß saß, sprach sie es nie offen aus.

Sie hielt festen Kontakt zu ihren Geschwistern nach Hamburg und zu ihrer Mutter. Ihr eigener Vater war schon lange tot.

Meine Mutter war fast zwei, als ihr Vater nach Hause zurückkehrte. Wie ein Fremder. Zwei Jahre Gefangenschaft in Russland verändern einen Menschen, formen in um.

Das Ehepaar fühlte die Distanz – bei der ersten Begegnung mit ihrem Vater hatte meine Mutter geweint. „Hau ab!", habe sie zu ihrem Vater gesagt.

Eine tiefe Mauer war da. Aber früher trennten sich verheirateten Paaren nicht so schnell. Man hielt sich aus. Irgendwie, weil es sein musste. Weil es sich gehörte.

Vermutlich war es ein schwieriger, innerer Kampf. Der introvertierte Mann, der zwei Jahre irgendetwas in Russland erlebt hatte, jedoch nie darüber sprach. Der Tag für Tag schwieg und weder seine Frau noch Tochter registrierte. Der Einzelgänger, der sein Lachen verloren hatte. Seine Frau hielt es irgendwann nicht aus. Bei einem Disput griff sie zu dem Kleinkind und setzte sich in den Zug Richtung Hamburg. Sie konnte nicht mehr, hielt ihren Mann nicht mehr aus. Er war ein Fremder für sie.

Die Leere kann aufrütteln. Die Stille motiviert auch das Trauma oder die Apathie wieder mehr das Wesentliche zu begreifen. Mein Großvater war geschockt.

Er schnappte sich sein Fahrrad und fuhr los. Sein Weg war im Kopf. Nach Hamburg. Er wollte seine Frau und seine Tochter zurückholen. Sie gehörten doch zu ihm.

Mit dem Fahrrad nach Hamburg. Wie auch sonst? Eine Zugfahrt kam ihm damals nicht in den Sinn. Vielleicht hatte das Geld gefehlt. Das weiß ich nicht. Jeden Tag fuhr er einige Kilometer. Irgendwie trat er in die Pedale, immer wieder. Er konnte sich nicht mehr erinnern wie viele Kilometer er bereits gefahren war. Er erzählte stets, dass das Glück ihn begleitet hatte. Er lernte einen

LKW-Fahrer kennen. Sie kamen ins Gespräch. Ein Gespräch unter Männern. Schulterklopfen, Verständnis und die Einladung das Rad auf den LKW zu laden und mitzufahren.

Er würde nicht ganz nach Hamburg fahren, aber immerhin sei sein Ziel kurz vor Hamburg. Irgendwo bis hinter Bremen würde die Reise gehen. Dankend nahm mein Opa an. Die restlichen Kilometer zu seiner Frau radelte er wieder ab.

An der Haustür hatte es geschellt. Meine Großmutter war bei ihrer Mutter unter-gekommen mit der rund dreijährigen Tochter. Sie öffnete die Tür. Vor ihr stand ihr Mann. Abgekämpft. Spuren der letzten Tage. Alles war so unwirklich. Sie sah in seinem Gesicht die Erlebnisse der letzten Jahre und die Traurigkeit in den Augen. Seine Worte: „Ich will Dich zurückholen", hallten durch den Flur. „Wir gehören zusamen".

Stille! Das brauchte keine weiteren Worte mehr. Vermutlich konnten sie sich nun wieder in die Augen sehen.

Familie. Sie sind eine Familie. Das Erlebte stand daneben, aber es war vorbei. Zu dritt reisten sie mit dem Zug wieder zurück.

Seit diesem Tag waren sie wieder vereint, bekamen noch ein zweites Kind und feierten ihre goldene Hochzeit.

Mein Großvater hatte viele Jahre wieder als Berufsmusiker gearbeitet. Immer wieder haben sie mir ihre Geschichte erzählt. Neugierig habe ich zugehört. Als Kind klang es wie eine Geschichte aus einem Buch. Nicht vorstellbar.

Erst später, als ich älter wurde begriff ich die Tiefe ihrer Lebensreisen und das was ein Krieg mit Menschen macht.

Giftiger Moment

Soll ich?

Soll ich nicht?

Schaffe ich das?

Schaffe ich das nicht?

Kontrolle

Wirst Du mich halten, umarmen und
geleiten

oder werden wir rennen?

Gemeinsam ... atemlos?

Irgendwann wurde alles unerträglich. Jede Minute, jede Sekunde war ein Kampf jeder Ort und jede Begegnung eine Herausforderung.

Schon in der Anfangszeit war der Weg zur Schule schwierig, besonders der Fußweg war schlimmer als die Busfahrt. Es funktionierte besser, wenn sie ihre Schulfreundin an ihrer Seite hatte oder mit Kopfhörern Musik hörte. Sie achtete peinlich genau darauf, dass die Batterien nicht versagten. Jemand, der ständig Panikattacken befürchtet, sorgt für Hilfsmittel. Nur mit einer Packung Ersatzbatterien ging sie aus der Tür.

Als sie ihren Führerschein hatte und ihr kleines Auto vor der Tür stand, war der Gedanke an den Fußmarsch zur Bushaltestelle und Busfahrt unerträglich geworden. Sie schaffte es nur noch mit dem Auto zur Schule, schwitzend und kämpfend, laut Musik singend und betend, dass sie es irgendwie schaffen würde, ohne eine Panikattacke zu bekommen. Jeder Morgen war ein großer Ringkampf.

An manchen Tagen fiel es ihr noch leichter. An einigen Tagen fuhr sie los und brauchte ein paar Anläufe, um ans Ziel zu gelangen. An einzelnen Tagen ging gar nichts. Sie saß oft zitternd im Auto, das Herz klopfte bis zum Hals. "Soll ich? Soll ich nicht? Schaffe ich das? Schaffe ich das nicht?"

Es war ein ständiges Hin und Her. Rasant ging alles in ihrem Kopf umher. Sie ballte die Faust, stampfte mit dem Fuß auf, schnappte sich die Tasche und ging wankend in das Gebäude, direkt in den Klassenraum. Sie setzte sich und lächelte.

Welcher Sturm in ihr tobte? Das sollte niemand sehen. Das Lächeln tat weh. Die schweißnassen Hände räumten die Tasche aus, zitternd. Schwindel war permanent da und Konzentration - das war schon lange nicht mehr möglich. Ein Blick auf die Uhr! Ob sie das aushalten würde? So lange noch? So unendlich viele Stunden?

Der Lehrer führte Monologe, während sie da saß und sich ablenkte. Auf einem weißen Blatt Papier schrieb sie am besten etwas in Spiegelschrift, einfach irgendwelche Worte. Hauptsache abgelenkt, von diesem inneren Sturm der Angst.

Sie fühlte sich zerrissen und alles in ihr war konfus. In der nächsten Stunde hörte sie die klugen Worte von Cicero, aber sie konnte sich nicht direkt auf das Thema konzentrieren. Die "wirkliche Welt" schien weit weg und die Stimmen um sie herum waren nur noch leise und fremd zugleich. Stattdessen hallte es in ihr selbst laut, immer lauter. Sie litt unter Schwindel, Zittern und Sehstörungen. Ihr Herz schlug bis zum Hals. Es schien als nähere sich ihre letzte Lebensminute.

Sie malte weiter und nahm Stifte in beide Hände, um gleichzeitig etwas aufzuschreiben - eine Hand in Spiegelschrift und die andere in normaler Schrift. Dies lenkte sie ein wenig ab und half ihr möglicherweise dabei, die aufkommende Panik in Schach zu halten.

Nur noch zehn Minuten bis zur großen Pause. Vielleicht konnte sie in der Pause durchatmen, obwohl sie ungern auf den Pausenhof ging. In der Oberstufe brauchte man das auch nicht mehr. Dort herrschte Narrenfreiheit, und sie verbrachte ihre Zeit lieber alleine oder stand einfach neben anderen und wollte lieber im Gebäude bleiben. In ihrer eigenen Welt war es turbulent genug, und Ruhe war ihr Trost.

Der Klang der Glocke ließ sie erschaudern, und das Atmen fiel schwer. Die Angst saß wie ein Brocken in ihrer Kehle. Sie dachte an den Weg zurück, die Autofahrt von ungefähr 8km, die sie noch bewältigen musste.

Es standen noch vier Unterrichtsstunden mit einer großen Pause bevor, und allein die Vorstellung davon, ließ sie panisch werden. Sie flüchtete auf die Toilette und lehnte sich an die Wand, während der unerträgliche Gestank sie umgab.

Doch hier war es wenigstens ruhig. Niemand würde sie komisch ansehen oder hinter ihrem Rücken flüstern. In ihrer Schultasche hatte sie "Kreislauftropfen" dabei, die sie hastig auf ein Stück Würfelzucker tropfte (den hatte sie auch immer dabei).

Sollte sie es wagen? Würde sie es schaffen? Der Unterricht hatte sicher schon begonnen, und ihre Beine zitterten. Sie lehnte ihre heiße Stirn an die kühle Wand. Der Weg ins Klassenzimmer schien unmöglich.

Plötzlich wurde es draußen ruhig, aber in ihr tobte der Sturm der Angst weiter.

Die Panik stieg in ihr hoch und ihre schweißnassen Hände griffen nach ihrer Tasche. Ein tiefer Atemzug und sie rannte aus dem Gebäude, ohne etwas um sich herum wahrzunehmen. Sie rannte als ginge es um Leben und Tod.

Ihr einziges Ziel war es, schnell zum Auto zu gelangen. Sie öffnete die Tür, legte die Tasche auf den Beifahrersitz und startete den Motor. Die Welt begann vor ihren Augen zu tanzen und zu schwimmen, doch sie drehte das Autoradio auf und fuhr los.

Jetzt erst begannen ihre Gedanken zu kreisen. "Ich muss nach Hause, nur noch nach Hause!" Sie schaltete die Musik mal laut und mal leise und fuhr sich immer wieder mit den Händen durch die Haare. Die Kilometer schmolzen dahin, nur noch sieben, sechs... Ihr Herz schlug bis zum Hals und sie suchte verzweifelt nach Mut. "Ich schaffe das", sagte sie laut und trommelte mit der Hand auf das Lenkrad. Sie durfte nicht aufgeben, sondern musste die Kontrolle behalten.

Sie flehte in Gedanken um Kraft und Zuversicht. Die Panik durfte nicht gewinnen. „Ich schaffe das" schrie sie laut zu sich.

Fast war sie zu Hause angekommen. Doch was sollte sie sagen? Es war noch viel zu früh. Ihre Mutter würde sie fragen, warum sie schon wieder zurück sei. Sie fühlte sich traurig, wie ein Versager. Lieber hätte sie in der Schule gesessen und gelernt, auch von Cicero.

Sie lernte gerne. Da sie es in der Schule jedoch kaum noch schaffte, hatte sie sich ein Ventil gesucht: Sie lernte Sprachen und las Fachbücher. Das ummantelte ihr schlechtes Gewissen und tätschelte ihr Versagerherz. So fühlte sie sich nämlich - wie ein Versager!

Eine Straße vor ihrem Elternhaus konnte sie wieder ruhiger atmen und auch wieder denken. Sie stellte das Auto ab, atmete tief ein und aus und überlegte, ob sie wieder zurück zur Schule fahren sollte. Sollte sie das? Oder sollte sie es nicht? Sie kramte in ihrer Tasche und schaute traurig auf die Uhr. Die Gedanken krochen hoch. Die Vorstellung, wieder im Klassenraum sitzen zu müssen, schnürte ihr die Kehle zu. Sie fühlte sich klein, schwach und unendlich traurig. Sie begann auf das Leben zu schimpfen, haderte mit Selbstmitleid. Warum bloß sie? Was hatte sie verbrochen? Die Zeit verstrich, sie ließ den Motor an und fuhr die paar Meter nach Hause. Vielleicht würde es morgen aufhören, dieser Spuk in ihrem Kopf. Dafür würde sie alles geben.

Sie zog den Schlüssel, nahm die Tasche und setzte ein Lächeln auf. Eine glückliche Tochter ging ins Haus, die von einem schönen Schultag zu erzählen hatte. All das war so unglaublich anstrengend.

Angst ist der Schwindel der Freiheit

Søren Kierkegaard

Die Härte zu sich

Als die Angst begann, war alles nicht mehr so einfach zu verstehen. Als junges Mädchen, 18 Jahre alt, war jeder Tag ein Abenteuer. Freunde, Partys, ein wenig Schule, viel Spaß und die Suche nach der großen Liebe. Ein Kopf voller Träume und Ideen.

Es hätte alles so einfach sein können, sich einfach treiben lassen und das Leben genießen! Aber es war nicht einfach. Es gab da diese kleine Sache, die wie eine schwere Gewitterwolke hing. Eine "innere Wand", die den Weg zum eigenen Ich blockierte.

Diese Gefühle und Gedanken, die jeden Tag bestimmten. An manchen Tagen waren sie leise, aber oft waren sie unkontrollierbar laut. Die Sorgen um das Leben, die Angst vor Krankheiten und diesem "Zustand", der das Mädchen immer wieder überrollte und ihre fröhliche, jugendliche Art in Sekundenschnelle alt und traurig erscheinen ließ.

Diese Angst machte ihre Augen traurig.

Nun hatte sie also ihren Führerschein. Sie wusste gar nicht mehr, wie sie es geschafft hatte. Auch während einiger Fahrstunden hatte sie Angst gehabt - in einer Fahrstunde hatte sie sogar eine Panikattacke erlitten, die unvergesslich bleiben würde.

Der Führerschein war für sie eine Stütze. Mit dem Auto konnte sie sich ein Netz der Sicherheit aufbauen. Sie konnte nun schneller fliehen und sich schneller vor anderen verstecken, immer wenn es schlimm wurde. Immer, wenn die Angst siegte. Immer wenn sie einfach weg musste. Immer wenn die Angst mächtiger war und nicht zu stoppen schien.

Leider konnte sie die Angst nicht besiegen, nicht einmal mit ihrem Auto. Über viele Monate hinweg wagte sie sich nur noch in den Nachbarort, wo sie einige lockere Freunde traf. Enge Freundschaften wollte sie jedoch nicht mehr eingehen, denn sie hätte sich dann zu sehr "offenbaren" müssen. Dies wurde ihr sehr schnell bewusst. Angst zu haben war uncool und machte sie unbeliebt. Andere hoben ihre Augenbrauen, wenn sie sich so verhielt, also blieb sie weiterhin cool und unnahbar.

Angst zu haben führte dazu, dass sie in Erklärungsnot geriet, denn andere verstanden die Angst nicht. Selbst verstand sie es auch nicht. Wie sollte sie also etwas erklären, das sie selbst nicht verstand? Sie bauten Mauern, eine Festung um ihr Ich.

An manchen Abenden fuhr sie drei oder vier Mal los, immer wieder. Doch jedes Mal drehte sie um, weil die Angst zu laut wurde. Um sich abzulenken, drehte sie das Autoradio lauter, sang, trommelte auf das Lenkrad, nahm Kreislauftropfen oder schimpfte lautstark. Sie war äußerst ehrgeizig und gab niemals auf, egal in welchem Bereich ihres Lebens.

Daher war es umso schwieriger für sie zu akzeptieren, dass sie hier aufgeben musste. Wenn sie endlich ihr Ziel erreichte, hoffte sie stets, in der Nähe einen Parkplatz zu finden, um jederzeit flüchten zu können. Sie hielt diesen täglichen Kampf in Spiegelschrift fest, so dass es niemand leicht lesen konnte. Sie schämte sich für das, was sie war, so wie es war.

Mit einem charmanten Lächeln betrat sie das Bistro und sah viele vertraute Gesichter. Innerhalb kürzester Zeit wurde sie von anderen jungen Leuten umgeben. Manchmal hielt sie eine Stunde durch, selten zwei.

Oft musste sie sich jedoch schnell verabschieden und hielt sich dabei den Schal vor den Mund, während sie innerlich zitterte. Sie hatte Angst davor, in Ohnmacht zu fallen. Es war selten, dass ihr die Ausreden ausgingen. Wenn ihre Freunde fragten, warum sie nicht mit zur Disco in die Nachbarstadt kommen wollte, konnte sie es nicht erklären. Sie konnte nicht sagen, warum sie nicht wie die anderen sein konnte. Niemand hätte es verstanden oder geglaubt.

Deshalb erfand sie andere Erklärungen, da sie sehr phantasievoll war. Doch nie war es die Wahrheit.

Blitzschnell rannte sie zum Auto und zitterte dabei am ganzen Körper.

Innerlich weinte sie Tränen der Verzweiflung. Warum konnte sie nicht sein wie die anderen? Warum konnte sie nicht einfach jung sein? Sie fuhr schnell nach Hause und fragte sich, ob sie es schaffen würde. Würde die Angst ihr das Leben nehmen?

Leider tat sie es. Immer mehr. Es wurde eine lange, einsame und schwere Reise, die sowohl innen als auch außen grau und dunkel war. Angst war grausam. Angst greift Dir tief in die Seele und raubt jedes Lächeln.

Musik

Meine ersten Erinnerungen sind visueller Natur. Auf einer kleinen 8-Spur-Kassette ist festgehalten, wie ich als Kleinkind vor einer damals beliebten und bekannten Musiksendung zum Schrank meiner Großeltern lief und vor einem großen Schrank stehenblieb. Dort forderte ich den "Kleinkinder-Topf in Form einer Gummiente" vehement ein. Dieses Ritual wiederholte sich immer dann, wenn das Entree der Sendung im Fernsehen lief.

Erst als der geliebte Topf vor dem TV-Gerät positioniert war und ich meine Hose heruntergezogen und mich darauf gesetzt hatte, war ich zufrieden. Während der gesamten Sendung saß ich auf dem Topf und wippte, summte mit und war nicht mehr ansprechbar. Jede Störung wurde wüst beschimpft. Während dieser Sendung entstanden viele lustige Filme, die von meinem Großvater und meinem Vater gedreht wurden.

Ich habe viele bildhafte Erinnerungen an Momente, in denen ich mit meiner Mutter durch die Wohnung getanzt habe, während mein Vater im Büro war und wir alleine zu Hause waren. Zuerst haben wir aus einem großen Stapel von Vinyl ein paar Scheiben ausgesucht und dann ging es los. Meine Mutter erzählte mir von ihren coolen Musikerlebnissen im Hamburger "Star Club", die sie als sehr junge Frau erlebt hatte. Manchmal griff sie zur Gitarre und spielte für mich. Wir sangen oft "Lady in Black" und tanzten ausgelassen durch das Wohnzimmer.

Mit gerade sechs Jahren stiefelte ich aufgeregt zum ersten Mal allein zum "Flötenunterricht". Noch bevor der Schulalltag für mich begann, saß ich mit einer C-Blockflöte vor einer Musiklehrerin, die mir ein erstes Basiswissen vermittelte, wie zum Beispiel das Notenlesen und wie man in die Flöte bläst, damit es schön klingt.

Gerade am Anfang klang es oft sehr schrill und schief. Als Grundschulkind war ich dann im Kinder-Kirchenchor und spielte bei den "Flötenkindern" mit. Später stand ich am großen Holz-Xylophon und danach saß ich am kleinen Mini-Schlagzeug, was mir besonders viel Spaß bereitete, da ich hier den Takt angeben konnte

Leider zogen wir bald darauf um und an unserem neuen Wohnort gab es keinen munteren Kinderchor mehr, lediglich einen "Kinder-Gesangschor", bei dem ich einige Jahre noch mitmachte. Dieser war jedoch biederer und nicht mehr so ausgelassen wie mein vorheriger Chor.

Die Blockflöte langweilte mich langsam, also versuchte ich, Gitarre zu lernen. Aber irgendwie konnten wir beide nicht miteinander warm werden.

Das Instrument war unhandlich und ich hatte ständig Schmerzen in den Fingerkuppen. Irgendwann ging ich nur noch sehr widerwillig zum wöchentlichen Unterricht und machte auch keine Fortschritte mehr. Ich hielt es knapp ein Jahr durch, fand aber absolut keinen Gefallen an diesem Instrument. Viel lieber hätte ich in die Tasten gehauen und das Klavierspiel gelernt.

Nach einer Aussprache mit meinen Eltern ,hielt ich wieder ein weiteres relativ unförmiges Instrument in den Händen. Dieses Mal allerdings mit Tasten, ein Akkordeon. Anfangs entwickelte sich keine richtige Freundschaft zwischen uns, aber wir blieben viele Jahre treu zueinander.

Nach etwa vier Jahren wechselte ich vom Gruppenunterricht zu einer Privatlehrerin. Diese Dame war eine ausgebildete Musiklehrerin und trotz ihres Alters von Mitte 80 unglaublich fidel und haute imposant in die Klaviertasten.

Jede Übungsstunde mit ihr dauerte oft mehr als eine Stunde und ich muss zugeben, dass sie mir sehr viel beibringen konnte. Es gab Phasen, in denen ich sogar das Akkordeon zu mögen begann. Das Musizieren entführte mich aus dem komplexen Schulalltag und hielt mich davon ab, die neuesten Lateinvokabeln pauken zu müssen. Es war ein Seelentröster und eine Ablenkung in schwierigen pubertären Phasen.

Frau Schwabe, so hieß sie, hielt auch einmal im Jahr mit ihren Schülern eine Art Vorspiel ab.

Das geschah jedes Jahr zur Adventszeit in der evangelischen Kirchengemeinde in dem Ortsteil, in dem sie beheimatet war. Zum ersten "Konzertabend weihnachtlicher Klänge" mit ungefähr acht weiteren

Schülern von ihr, ging ich ziemlich widerwillig. Jedenfalls saß ich da im „Make-up - Madonna-Look" und mit einer Bonnie Tyler-Frisur und in einer Po-Löcher-Jeans und fand es eigentlich sehr uncool, vor den vielen Senioren spielen zu müssen. Aber ich muss sagen, irgendetwas löste dieses Ereignis in mir aus.

Ich sah in die vielen alten Augen, wenn wir spielten und spürte ihre Freude. Emotionen übertrugen sich zu mir. Sie flüsterten, schwebten und flogen durch den Raum. Bei manchen rollten Tränen, viele sangen leise mit und ganz viele leise Lächeln huschten über die runzligen Gesichter.

Plötzlich fühlte ich mich einfach schäbig für mein arrogantes Denken und durch meinen Körper jagte eine Gänsehaut nach der anderen.. Über viele Jahre machte ich bei diesen Weihnachtskonzerten noch mit. Beim letzten "Weihnachtskonzert" fuhr ich sogar schon mit meinem ersten eigenen Auto vor. Frau Schwabe war damals fast 90 Jahre alt und es ging ihr nicht mehr so gut.

Nach ihrem Tod hörte ich, dass es keinen Nachfolger gab, der in ähnlicher Art und mit derselben Leidenschaft eine musikalische

Weihnachtsfeier für die Senioren gestaltet hatte.

In der Oberstufe, als ich vermutlich noch die zwölfte Klasse besuchte, gab ich schließlich das Akkordeonspiel auf und wandte mich CDs zu, um meine Musik zu hören.

Ausdauernd und ständig hörte ich Musik bevorzugt mit Kopfhörern, um mich aus der realen Welt zurückzuziehen. Es waren Momente der tiefsten Emotionen, als würde ich mich selbst streicheln.

Einige Musikstücke lösten unglaubliche Gefühle in mir aus, und ich konnte oft stundenlang Musik hören. Seitdem habe ich das Akkordeon nie wieder gespielt und es scheint mir, als hätte ich das Spielen verlernt. Als mein Opa, der ein "Berufsmusiker" war, verstarb, hinterließ er unter anderem sein Akkordeon.

Die **Musik** drückt aus, was nicht gesagt
werden kann und worüber zu schweigen
unmöglich ist"

(Viktor Hugo – Schriftsteller)

Ohne Verstand

Opa. Er war immer für mich da. Seine Hände hielten mich und wirbelten mich durch die Luft. "Opa, Arm", waren einige meiner ersten Worte und schwupps, fand ich mich auf seinen Schultern wieder und konnte die Welt aus luftiger Höhe betrachten. Als Kind lief ich angeblich nicht gerne und wollte immer auf seinen Schultern sitzen. Mein Opa war groß und sportlich gebaut und hatte immer eine braungebrannte Haut.

Ich erinnere mich an gemeinsame Urlaube, viele Unternehmungen und sonntägliche Zoobesuche mit meinen Großeltern. Sehr oft durfte ich bei ihnen übernachten. In ihrem Haus lebte auch eine Familie mit einem Mädchen, das nur wenig älter war als ich, mit der ich oft spielte. Samstagsvormittags begleitete ich meine Großeltern oft beim Einkaufen auf dem Markt. Es war immer schön, an Opas Hand entlang zu schlendern.

Allerdings zog ich manchmal die Nase kraus, weil er so viele Menschen kannte. Immer wieder blieben wir stehen, um Hände zu schütteln und uns zu unterhalten. Ich stand dann ungeduldig daneben und wollte, dass es schnell weiterging.

Tatsächlich kannte mein Opa viele Menschen in unserer Kleinstadt und auch viele Menschen kannten ihn. Als kleines Mädchen erklärte er mir, dass er aufpassen müsse, dass wir in der Stadt alle Strom haben, dass die Straßenlaternen in der Dunkelheit hell leuchten und die Ampeln funktionieren, damit keine Unfälle passieren.

Einige Male spazierten wir gemeinsam zur großen Haupt-Feuerwehrwache der Stadt, weil mein Großvater dort Unterlagen abgeben musste.

Fasziniert schaute ich mir immer die Stangen an, an denen die Feuerwehr-männer im Notfall schnell herunterrutschen mussten. Ich hätte das gerne einmal ausprobiert. Die Feuerwehrmänner führten mich immer herum und ich durfte mir alles ganz genau ansehen, was ich aufregend fand.

Damals als kleines Mädchen war mir zum Glück nicht bewusst, dass hinter den Besuchen oft Unfälle oder andere unschöne

Ereignisse steckten. Meine Großeltern wohnten ganz in der Nähe der Innenstadt. Meine Heimatstadt hat einen Kleinstadt-Charakter, in dem sich jeder kennt, obwohl annähernd 70.000 Einwohner in der Stadt mit dem Doppelnamen leben.

Auch als ich älter wurde, blieb der enge Kontakt bestehen. Als ich mit siebzehn Jahren einen Sportunfall in der Schule hatte und eine Operation durchmachen musste, war mein Opa der Erste, der nach dem Erwachen aus der Narkose vor meinem Bett stand.

Wenn ich irgendwohin gefahren werden musste, hat er es gemacht. Er war immer da. Damals war es für mich leider selbstverständlich, und erst viele Jahre später erkannte ich den unglaublichen Wert, den seine Liebe zu mir hatte. Vielleicht ist auch das Erlebnis, von dem ich gleich noch berichten werde, eine Erklärung für unsere Verbundenheit. Ich weiß es nicht.

Mit siebzehn Jahren durchlebte ich eine sehr schwierige Zeit. Es war nicht nur die pubertäre Phase, die mich belastete, sondern auch andere Gründe. Ich hatte große Probleme in der Schule, wo ich bereits seit einigen Monaten extremem Mobbing ausgesetzt war.

Ich war nicht in der Lage gewesen, mich dagegen zu wehren. Ich versuchte, in die Rolle der "Starken" zu schlüpfen und es irgendwie auszuhalten, aber innerlich zerbrach ich mit jedem Tag mehr. Ich hatte nicht so stark sein können, wie ich es mir gewünscht hätte. Es machte mir etwas aus, wenn ich "geschnitten" wurde oder mir die Anfeindungen entgegen schnellten.

Ich weinte jede Nacht Tränen in mein Kissen und stapelte diesen wachsenden Seelenballast tief in mir auf. Mein Lachen verlor ich immer mehr, meine Unbeschwertheit verschwand.

Ich hatte mich damals niemandem anvertraut. Zu groß war die Scham, versagt zu haben, denn die Fehler hatte ich ausnahmslos bei mir gesucht, niemals bei anderen.

Heute weiß ich, dass das nicht ganz richtig war, aber damals wusste ich es einfach nicht besser. Daher sog ich die Liebe, die mir von meiner Familie entgegengebracht wurde, tief in mich auf und versuchte auch hier, die lustige und leichte Person zu sein, die ich einst war. Doch das alles war und wurde nur noch sehr anstrengend.

Ich stand ständig unter Strom und Stress, was auch meinem Opa nicht entging.

Eines Tages, als ich aufgrund einer Sportverletzung immer noch einige Wochen lang mit einem Gipsfuß herumlaufen musste, holte er mich von der Schule ab, da die Busfahrt mit dem schweren Gipsfuß im überfüllten Bus beschwerlich gewesen war. An diesem Tag ging es mir überhaupt nicht gut, ich fühlte mich "neben mir". Heute weiß ich, dass dieses Gefühl als Derealisationserleben bezeichnet wird. Damals hatte es mir nur Angst gemacht.

Es war ein warmer Frühlingstag, als mein Opa mich von der Schule abholte. Es war Anfang Mai, und während der Heimfahrt fragte mich mein Opa, ob wirklich alles in Ordnung mit mir sei. Ich traute mich einfach nicht, mich zu offenbaren und skizzierte lediglich, dass ich mich einfach nicht gut fühle.

Vielleicht lag es am Kreislauf, oder ich schob es auf den Stress von der anstrengenden Lateinarbeit.

Jedenfalls versuchte er mir Mut zu machen und gab mir den Rat, doch einmal zum Arzt zu gehen und ihm alles zu erzählen

Ich werde dieses Gespräch im Auto zwischen uns niemals vergessen können. Ich musste den Kloß in meinem Hals herunterschlucken. Ich spürte etwas, was ich nicht erklären konnte.

Immerhin ergab der Arztbesuch, dass ich an einem Kaliummangel litt.

Etwa zwei Wochen später feierte mein damaliger Freund seinen Geburtstag, er wohnte ungefähr 35 Kilometer von meinem Elternhaus entfernt. Es war Ende Mai und ein sehr heißer Tag mit Temperaturen nahe 30 Grad. Wir hatten geplant, dass er mich abholen würde, damit wir gemeinsam zu ihm nach Hause fahren und Kaffee und Kuchen mit seiner Familie, einschließlich seiner Eltern und seiner Großmutter, genießen würden.

Den ganzen Tag fühlte ich mich unwohl in meiner Haut, aber das war nichts Neues für mich, also kämpfte ich einfach dagegen an. Ich erinnere mich daran, wie angenehm kühl es im Haus seiner Eltern war, bei denen er noch wohnte. Seine Mutter hatte den Tisch gedeckt und ich glaube, es stand eine Erdbeertorte auf dem Tisch. Sie goss den Kaffee ein und wir begannen eine mühsame Unterhaltung.

Ich hatte immer noch große Schwierigkeiten, mich zu konzentrieren, und spürte, wie meine Hände mehr und mehr schwitzten. Doch ich versuchte, das alles irgendwie zu ignorieren. Eine stetig anwachsende Unruhe tobte in mir.

Die Konzentration fiel mir schwer und so versuchte ich, unter dem Tisch mit den Füßen hin- und her zu wippen. Ich hatte Angst, dass es schlimmer werden würde. Und es wurde schlimmer. Ich erinnere mich nur noch daran, dass ich plötzlich nach Luft schnappen musste und eine unbeschreibliche Unruhe in mir tobte. Meine Hände klammerten sich an der Tischkante fest, während ich das Gefühl hatte, gleichzeitig blass und rot zu werden. Ich stammelte nur: "Mir geht es nicht gut. Ich möchte nach Hause

Mein Freund schaute mich besorgt an und ich fand einfach keine Worte mehr und ich wiederholte meinen Wunsch. Ich konnte es auch nicht erklären. Seine Mutter sagte noch etwas von: „Hinlegen und nassen Lappen", aber das nahm ich schon gar nicht mehr richtig wahr, sondern ging in Richtung Haustür mit dem einen Gedanken: Flüchten – nur flüchten! Ich muss ganz schnell nach Hause, so der leitende Gedanke.

Wenig später saßen wir bereits im Auto und befanden uns auf der Autobahn. An die Rückfahrt kann ich mich kaum noch erinnern. Ich erinnere mich nur daran, dass es grell war, ich am ganzen Körper zitterte und einfach nicht verstand, was in mir vorging.

Immer noch zitternd öffnete ich das Türschloss der Haustür. Meine Eltern waren nicht da. Mein Vater lag mit einem Kreuzbandriss am Knie nach seiner Operation noch im Krankenhaus und meine Mutter war zu meinen Großeltern gefahren. Intuitiv griff ich zum Telefon und wählte die Nummer meiner Mutter. Etwas in mir sagte mir, dass ich sie bei meinen Großeltern erreichen sollte.

Es fiel mir schwer, die Rufnummer zu wählen. Ich war immer noch benommen und verwirrt. Als ich die Stimme meiner

Mutter am anderen Ende hörte, wusste ich, dass nichts mehr so sein würde wie zuvor. "Dein Opa ist tot", schrie sie durch das Telefon.

Alles anders

Die Welt dreht sich rasant, fast so, als ob sie ständig an Geschwindigkeit zunimmt und Veränderungen immer schneller passieren. Wenn etwas zu schnell geht, ist es selten gut. Ein schnelles Tempo kann zwar beflügeln und nach Erfolg riechen, aber es kann auch nach Leerlauf oder sogar Schmerzen durch Stille führen. Das Leben verlangt nach einem Konzept, das wir als Erfolg und Zufriedenheit buchen, aber ist das wirklich erfüllend?

Die Tage sollten niemals langweilig sein. Einerseits füllt Arbeit die Stunden aus. Wenn man über Menschen, ihre Geschichten oder Neuigkeiten schreibt, gerät man schnell in den Sog des Geschehens. Kaum hat man eine Aufgabe erledigt, erwartet man schon das nächste Abenteuer. Scharrend, neugierig und lustvoll.

Und es passiert immer etwas um uns herum. Jede Kleinigkeit lässt sich nett in Worte packen oder als jagende Feuerkugel um die Ecke jagen! Wir sind angetrieben von diesem Hungergefühl, das einfach nicht satt wird. So läuft das Leben.

Wir sind ständig erreichbar, kommunizieren mit Gott und der Welt und sind auf ewig „up to date". Das mag anstrengend sein, aber wir haben uns daran gewöhnt.

Unsere Gedanken laufen multimedial, und wir fühlen uns auf der ganzen Welt zu Hause.

So finden wir garantiert eine neue Serie, die uns abends auf der Couch unterhält und uns nebenbei begeistert den nächsten Kurztrip planen lässt - heute Dubai, morgen Nordsee und übermorgen die Talfahrt über höchste Berge.

Ist nicht alles möglich? Zwischendurch erinnert uns die App daran, das Intervall-Fasten einzuhalten und täglich Sport zu treiben. Fehlen noch ein paar Schritte? Die App überwacht alles genau.

Schließlich sind wir auch in unserer Freizeit, Familie und im Freundeskreis organisiert.

Inmitten solcher Strukturen, wie einem quengelnden Kind, einem demenzkranken Großvater und einer liebesunlustigen

Freundin, kann das Leben schon herausfordernd sein. Es erfordert viel Geduld, Flexibilität und ein gewisses Maß an Achtsamkeit, um alles unter einen Hut zu bringen. Wenn es einmal schwierig wird, kann Yoga eine Möglichkeit sein, um Entspannung und innere Ruhe zu finden.

Doch dann trat plötzlich etwas auf, das die Welt auf den Kopf stellte: Ein Virus, der sich weltweit ausbreitete und den Alltag der Menschen beeinflusste. Dieses Virus wurde zu einem globalen Nachrichtenthema, das wie eine Lawine auf alle Kontinente zurollte und sich immer weiter ausbreitete. Langsam wurde es zu einem Wegweiser, der den Menschen zeigte, wie wichtig es ist, auf ihre Gesundheit und ihr Wohlbefinden zu achten.

Das Einkaufen hatte sich verändert, es wurde jetzt hastiger und schneller erledigt und mit vielen Regeln versehen.

Auch in Deutschland wurden die Menschen von Nachrichten überflutet, die unfassbare Bilder von Kranken und Sterbenden zeigten. Die multimediale Welt vermittelte uns ständig: Wir müssen Angst haben. Die Nachrichten dirigierten und lenkten uns und erzeugten letztendlich noch mehr Angst. Plötzlich gab es Regeln, die nicht mehr selbstbestimmt waren. Umarmungen wurden zum Luxusgut und beschränkten sich auf den engsten Familienkreis. Ältere Menschen waren in ihrem Zuhause isoliert. Das Leben verlor an Stil und wir alle lernten, Abstand zu halten.

Es herrschte eine Krise, die weitere Auswirkungen mit sich brachte und immer noch bringt. Wirtschaft, soziales Leben und Demokratie standen plötzlich im Fokus.

Die genauen Auswirkungen waren jedoch noch ungewiss. Die Meinungen der Menschen nahmen gefährliche Formen an und das demokratische Denken geriet ins Wanken. Die Vielzahl an Regeln und der Verlust von Eigenständigkeit führten zu Aggressivität.

Wenn alles um uns herum ruhig wird, wird es im Inneren laut und unbequem.

Selten war ein derart ansteigendes Denunziantentum zu beobachten.

Verschwörungstheoretiker füllten die große Bühne mit wahnwitziger Kreativität. Die damalige schwierige politische Situation sollte nicht als bloßer Spuk betrachtet werden, denn es liegt auf der Hand: So etwas kann jederzeit wieder geschehen.

Es sind kleine Geschehnisse, die sich verbinden und wachsen können. Wie oft haben wir beobachtet, dass Menschen die Maskenpflicht bei anderen begutachteten? Kfz-Kennzeichen wurden notiert und Menschen als "fehlplatziert" während des Lockdowns gemeldet.

Viele Kinder frustrierten sich hinter verschlossenen Türen beim stundenlangen Computerspielen. Ihre Seele nahm aus dieser Zeit ganz viel mit.

Und nun?

Wirtschaftliche und soziale Ängste stehen im Raum. Das Thema Altersarmut ist in Zukunft präsenter denn je. Unlust bei der jungen Generation in der Bildung. Noch nie zuvor gab es so viele Schulabgänger ohne Abschluss.

Die Pandemie machte es nicht einfacher. Viele Menschen, die durch ihre Kunst Geld verdienen, stehen und standen vor dem Schrecken des Nichts. Die staatlichen Hilfen waren nicht kunstvoll gelöst.

Der feste Lebensstil kann schnell wanken. Wir müssen das klug begreifen, denn die Krise wird das soziale Gleichgewicht weiter stören.

Die Standard-Frau hat einen Mann bei VW

Zugegeben, ich musste ziemlich schmunzeln, als dieser Satz fiel.

Ich war bei einer lokalen Laien-Theater-Probe anwesend und sollte einen Vorbericht über die ausschließlich weiblichen Schauspielerinnen schreiben, die sich das Thema "Frauenrolle in der Politik" für ihr neues Bühnenstück ausgesucht hatten.

Der Titel des Stücks erschien mir historisch, da er sich mit dem "Frauenwahlrecht" befasste, welches vor über hundert Jahren erstmals in Deutschland eingeführt wurde. Zwar dürfen Frauen seit Jahren an Wahlen teilnehmen und auch politisch aktiv sein, jedoch stellt sich die Frage, ob sie in der heutigen Gesellschaft wirklich gleichgestellt sind.

Obwohl Deutschland viele Jahren eine weibliche Bundeskanzlerin hatte, gibt es noch immer Bereiche, in denen Frauen benachteiligt werden. Doch für mich schien das Bild der heutigen Frau schon lange nicht mehr von Staubflocken bedeckt zu sein.

Ich bin in einer Stadt im Ruhrgebiet aufgewachsen, die Teil der Metropolregion war. Hier lebten fast 80.000 Einwohner. Schon als Kind war ich von der Natur, der Landschaft und dem Meer fasziniert. Heute fällt es mir schwer, in Worte zu fassen, welches Gefühl es in mir auslöst, wenn ich aus der Stadt herauskomme und die unendliche Weite des Meeres vor mir sehe. Jedes Jahr zog es mich in den Norden und die Erfahrung war so intensiv, dass ich sie kaum beschreiben kann.

Ein Leben in der Stadtmitte hatte ich ausprobiert. Ich hatte mittendrin gelebt, direkt über dem Marktplatz, an dem dreimal in der Woche ein Wochenmarkt stattfand. Unter mir war ein schlafloses Leben. Es war niemals still und niemals ruhig. Selbst in den Nächten hallten Stimmen oder es rauschten Autos vorbei. Wenn ich vor die Tür ging, zog ich häufig die Mütze über die Augen und nahm Umwege. Sobald ich die Tür hinter mir schloss, war ich auf der Stelle mittendrin und immer gab es Begegnungen mit Menschen, die ich kannte.

Ich suche noch immer gerne Ruhe und Frieden. Es ist mir klar geworden, dass ich kein lebendiger Stadtmensch bin, deshalb hielt ich es dort nur wenige Monate aus.

Anschließend zog ich wieder in eine ruhigere Gegend, einer Nachbarstadt. Endlich konnte ich wieder Ruhe spüren.

Die erste Nacht war phantastisch und ich hatte lange nicht mehr so gut geschlafen.

Wenn ich auf der Loggia stand, blickte ich auf ein großes, grünes Feld, wild wachsend und voller Getier. Das tat gut.

Einige Jahre lebte ich dort sehr zufrieden, aber irgendwann kamen die ersten Gerüchte auf: Das große Grün, die pure Idylle, würde verkauft werden und der Natur weiterer Lebensraum entrissen werden. Es sollten Einfamilienhäuser entstehen, und das in großer Anzahl. Als ich die Pläne sah, wurde mir anders. Auf dem ehemaligen Feld eines Bauern sollten rund 18 Häuser gebaut werden.

So zog ich um, direkt an die Nordseeküste und lebe nun in einem Dorf mit rund 500 Einwohnern.

Zurück zur Theaterprobe!

Nach der Probe saßen wir in einer Runde zusammen und es entstand eine lebhafte Diskussion. Viele persönliche Erfahrungen wurden offen ausgetauscht. Sie waren alle sehr unterschiedlich und manche haben mich an diesem Tag erschreckt.

Mir war nicht klar, dass Geschlechterungleichheit immer noch ein deutlich unterschwelliges Thema in der modernen Gesellschaft ist und offenbar besonders im ländlichen Raum.

Viele Frauen klagten über Ungerechtigkeit innerhalb der vorherrschenden Hierarchien vieler Firmen oder kritisierten die Bezahlung. "Ich übe die gleiche Tätigkeit aus und verdiene doch weniger als mein Kollege", beklagte sich eine Ingenieurin. Eine ältere Frau ermahnte auch die jungen Frauen, die immer noch ihre Berufung im Haushalt und in der Kindererziehung sehen, mehr an ihre eigene Entwicklung zu denken. "Ehrgeiz, auf eigenen Beinen zu stehen, fehlt", bemerkte eine Pädagogin dazu und schüttelte verständnislos den Kopf

Nach längerem Nachdenken über die Gesprächsrunde, bei der viele Fragen gestellt wurden und ich viele Antworten suchte, fuhr ich an diesem Abend nach Hause. Nur wenige Wochen später saß ich wieder zwischen einigen Frauen. In dieser Runde wurde das Thema "Gleichstellung und die Frauenrolle in Ostfriesland" diskutiert. Es waren viele ältere Frauen in der lebhaften Runde, sowie eine Politikerin und eine Pastorin vertreten. Leider fehlten jüngere Frauen in dieser Diskussion, deren Perspektive an diesem Abend wertvoll gewesen wäre.

Die meisten Frauen beklagen die ungerechte finanzielle Absicherung. Eine städtische Angestellte bemerkte: "Scheitert eine Ehe, ist die Frau verloren und lebt mitten im Existenzkampf." Die Pastorin fügte hinzu: "Und ältere Witwen können nicht einmal mehr verreisen. Sie überleben nur noch."

Altersarmut führt oft zu Lebensunlust und kann die Gesundheit gefährden.

Die Politikerin beklagte, dass Frauen im Allgemeinen nicht so stark motiviert sind wie Männer, sich im gesellschaftlichen Leben zu engagieren, insbesondere in der Politik. "Es gibt einfach nicht genug Frauen, die sich trauen, diesen Schritt zu gehen", bedauerte sie. Obwohl einige Frauen sich im Rat engagieren, stehen sie in der Regel einer Überzahl von Männern gegenüber. Zu selten stehen sie auf und sagen ihre Meinung. Dabei haben sie bestimmt eine Menge zu sagen. Ist es so, weil ihnen der Mut fehlt?

Und alles ist möglich. Es gibt viele sehr gute Möglichkeiten, sich als junger Mensch beruflich zu entwickeln. Auf dem Tisch lag die Frage: Liegt es am Schulsystem, an der Familie oder an der Gesellschaft, dass junge Mädchen oft wenig Ehrgeiz zeigen?

"Ja, das kann ich tatsächlich sagen", sagte die Pastorin. Sie macht noch immer die Erfahrung, dass viele junge Mädchen auf Nachfrage zu ihr sagen: "Ich möchte die Schule beenden, etwas arbeiten und dann heiraten. Ich möchte Kinder haben und zu Hause bleiben. Vielleicht suche ich mir noch eine kleine Beschäftigung. Das wäre doch ein klasse Leben."

Solche Worte höre sie nicht selten, wie sie betonte, sehr zu ihrem Bedauern. Denn die jungen Frauen denken kaum an ihre Unabhängigkeit. Im ländlichen Leben sei es eben immer noch so, selbst im Jahr 2020, dass Männer das Geld verdienen und die Frauen am Herd stehen, so die Pastorin.

An diesem Abend saß ich ein wenig abseits und separat alleine an einem Tisch mit einigem Abstand zu den nachdenklichen Frauen, die in einer Runde mit einem stellvertretenden Bürgermeister diskutierten.

Entgegen meiner Gewohnheit blieb mein Notizblock an diesem Abend eher leer, da mich viele Aussagen erschreckten. Leben Frauen auf dem Land immer noch so antiquiert?

Im Laufe der Geschichte der Menschheit haben einzelne Frauen dennoch immer wieder eine bedeutende Rolle gespielt. Sie waren ehrgeizig, klug und besaßen oft besondere Fähigkeiten.

Doch werden Frauen irgendwann den Männern gleichgestellt sein? Oder bleibt dieses Thema eine Theorie oder ein Satz auf einem weißen Papier? Kann es gesellschaftlich erarbeitet werden?

"Die Emanzipation der Frau bedeutet nicht, dass sie sich wie ein Mann verhält, sondern dass sie als Frau dieselben Rechte und Möglichkeiten hat."

unbekannt

Mobbing der Lenker der Gesellschaft

**Außen wird es immer enger,
die Stimmen immer dreckiger,
die Münder immer berechnender.
Du brichst zusammen.
Du begibst Dich auf eine Wanderung in
Deine, eigene Welt.
Wo es still wird, wo der Hass
verschwindet.
Nur um die Tränen laufen zu lassen
oder einfach ein wenig durchzuatmen.**

Mobbing ist leider ein weit verbreitetes und ernsthaftes Problem an Schulen. Es handelt sich dabei keineswegs um einen tragischen Einzelfall, sondern um eine Realität, die vielen Schülerinnen und Schülern das Leben schwer macht. Es ist wichtig zu erkennen, dass Mobbing nicht einfach verschwindet, wenn man es ignoriert oder verdrängt. Im Gegenteil, es kann sich verschlimmern und dauerhafte, psychische Schäden bei den Opfern verursachen.

Es ist richtig, dass Mobbing oft nicht ausreichend angegangen wird und dass es in vielen Schulen immer noch zu wenig Aufmerksamkeit erhält.

Es gibt jedoch auch Schulen und Lehrkräfte, die sich aktiv für die Prävention und Bekämpfung von Mobbing einsetzen.

Es ist wichtig, dass Schulen Mobbing als ernsthaftes Problem anerkennen und aktiv gegensteuern, indem sie gezielte Programme zur Prävention und Intervention einsetzen und eine offene, unterstützende Kultur schaffen, in der Schülerinnen und Schüler sich sicher fühlen können.

Es ist auch wichtig zu betonen, dass Mobbing nicht nur die Verantwortung der Schule ist, sondern dass Eltern und die Gesellschaft insgesamt eine wichtige Rolle bei der Prävention und Bekämpfung von Mobbing spielen. Wir alle müssen uns bewusst machen, dass Mobbing niemals akzeptabel ist und dass es unsere Verantwortung ist, gegen Mobbing vorzugehen, wenn wir es beobachten oder erfahren.

Zusammenfassend lässt sich sagen, dass Mobbing an Schulen ein ernsthaftes Problem darstellt, das nicht ignoriert oder verdrängt werden sollte. Es ist wichtig, dass Schulen, Lehrkräfte, Eltern und die Gesellschaft insgesamt aktiv gegen Mobbing vorgehen und eine unterstützende Kultur schaffen, in der Mobbing nicht toleriert wird.

Ich wurde im Jahr 1977 eingeschult. Nach einer traumhaften Zeit im Kindergarten, der direkt im Wald lag, hatte ich das Glück, eine Grundschule besuchen zu dürfen, die damals von guter Qualität war. Uns Kinder führte eine kluge, empathische und menschlich gerechte Lehrerin durch die primären Jahre. In dieser Klasse wurde zwar geneckt, gestritten und auch schon einmal gerauft, aber niemals geriet auch nur ein Schüler oder eine Schülerin komplett ins Abseits.

Während der vierten Klasse musste ich die Schule wechseln, da meine Eltern in einen anderen Stadtteil gezogen waren und dort ein Haus gebaut hatten.

Mein erster Tag in der neuen Grundschule war jedoch enttäuschend, da mir die Lehrerin nicht gefiel. Es wurde schnell offensichtlich, dass einige Schülerinnen und Schüler hier regelmäßig vorgeführt oder gemobbt wurden. Eines Tages trug ein Mädchen während des Unterrichts etwas vor und wurde dabei von anderen

Schülerinnen und Schülern aufs Übelste beleidigt. Ein nasser Schwamm wurde sogar in ihr Gesicht geworfen. Mit Worten wurde sie denunziert.

Ich war geschockt und entsetzt über das Verhalten der Kinder, da ich so etwas bisher nicht kannte. Das Mädchen weinte und wurde immer mehr gedemütigt, während die anderen Kinder sich immer weiter in ihre Gemeinheiten hineinsteigerten. Die Lehrerin wirkte gleichgültig.

Es dauerte so lange, bis das Opfer anscheinend nicht mehr in der Lage war, die Situation zu ertragen, und aus dem Klassenzimmer rannte. Nach dem Motto "Jeder ist mal an der Reihe" wurde das Spiel weiterhin ehrgeizig betrieben. Einige handelten klug und mischten sich immer rechtzeitig unter die Mobber, um nicht in die Rolle des Opfers zu geraten.

Dieses halbe Jahr an der Grundschule war schmerzhaft für mich. Es öffnete mir eine Tür zu einem Leben, dass mir zuvor unbekannt war. Oft lag ich abends wach und dachte darüber nach. Ich konnte damals nicht wirklich verstehen, was der

Sinn solcher schändlicher Handlungen sein sollte.

Diese Ereignisse waren für mich emotional überfordernd und ich konnte einfach nicht begreifen, warum sie das taten.

Zum Glück war ich nur ein halbes Jahr an dieser Schule. Das ging auch irgendwie vorbei.

Voller Vorfreude wechselte ich dann auf das Gymnasium, in der Hoffnung, dass alles schnell wieder zum geliebten, gewohnten Schulalltag werden würde.

Die Anfangsjahre waren dann tatsächlich wieder besser. Auch hier gab es gelegentlich Dispute, aber niemand in der Klasse geriet zunächst ins komplette Abseits. Ein Junge wurde häufiger drangsaliert - und das wirklich nicht besonders schön. Auch ich war daran beteiligt und muss mir das selbst ankreiden. Zwar war ich nicht in vorderster Front, aber ich habe dem Ganzen auch kein Einhalt geboten. Der Junge trug oft schlecht sitzende, abgewetzte Kordhosen, wirkte etwas plump und unförmig und hatte eine komische Brille auf der Nase.

Durch seine Art - er spielte oft den Clown - hatte er es den Klassenkameraden leicht gemacht, ihn zu denunzieren. Ob uns das Spaß gemacht hat? Keine Ahnung - mir jedenfalls nicht. Auch wenn ich beteiligt war, spürte ich Gefühle von Mitleid. Er wurde abgewertet, gehänselt, bloßgestellt und ich habe mir diesbezüglich sehr lange Vorwürfe gemacht. Er wirkte oft sichtlich traurig, hatte sich aber nie gewehrt.

In der zehnten Klasse geriet ich ins Abseits und wurde zum Mobbingopfer. Natürlich war ich auch nicht fehlerfrei. Ich wirkte oft wie ein Besserwisser und hatte ein starkes Gerechtigkeitsempfinden, was zu Konflikten führte.

Aber mein Verhalten rechtfertigte nicht die Art und Weise, wie meine Mitschülerinnen und Mitschüler mich behandelten. Ich kann nicht im Detail beschreiben, was ich damals durchgemacht habe, aber auch heute, Jahrzehnte später, spüre ich den tiefen Schmerz, den ich damals empfunden habe.

Wahrscheinlich wäre es für den Leser schockierend zu erfahren, was mir alles widerfahren ist. Ich habe mich nicht gewehrt, sondern versucht, vorsichtig nachzufragen, warum sie so handelten.

Oft erhielt ich dann Antworten wie: "Eigentlich mag ich Dich ja, aber Du weißt ja ... ich darf es nicht zeigen". Dann folgte ein Schulterzucken und die Befragte ließ mich allein stehen.

Allen voran die "Redeführerin". Sie konnte besonders gut hämisch mit den Augen blitzen und ihr Gefolge dirigieren. Mit jeder ihrer Handlungen gegen mich gewann sie an Macht und erhielt weniger Dementi von ihrem Gefolge.

Da wurde dann schon einmal laut gesagt, wenn ich in das Klassenzimmer kam: "Uuii das stinkt auf einmal hier. Lass uns schnell verschwinden". Meine Schultasche fand ich nicht nur einmal ausgeleert im Papierkorb oder in mehreren verteilt. Kleidung wurde mit einem „Edding" markiert.

Stifte verschwanden und es wurden auf Pulten und Wänden "Hassreden zu meiner Person" tituliert. Keiner redete mit mir - durfte er auch nicht. Wagte ich es mich im Unterricht zu melden, wurde ich nachgeäfft oder verbal attackiert. Flüssigkeiten wurden in die Schultasche gegossen, meine Jacken versteckt. Mir wurde auf dem Klo die Tür zugehalten und dabei wurde ich ständig verbal attackiert und heruntergeputzt. Das sind jetzt wirklich noch die harmloseren Geschehnisse, die ich erlebt hatte. Das ging alles noch viel schlimmer und darüber möchte ich nicht schreiben.

Es ist den Lehrern mit Sicherheit aufgefallen, dass etwas nicht stimmt, aber niemand hat direkt mit mir gesprochen. Einige Lehrer haben sogar ebenfalls abfällige Bemerkungen über mich gemacht.

Während eines Schulausflugs in eine Jugendherberge war ich allein und niemand sprach mit mir. Das Problem wurde einfach ignoriert. Irgendwann habe ich mich von der Außenwelt zurückgezogen und bin in meine eigene Welt eingetaucht.

Die drei Tage dieses Schulausflugs sind unvergessen geblieben. Es war fast unerträglich und fühlte sich wie ein emotionaler Überlebenskampf an, bei dem es um mein Leben und Tod ging. Ich hätte am liebsten die Meute verlassen und wäre geflohen, aber ich hatte das Geld für die Fahrkarte nicht dabei. Ich habe viele Jahre lang mit niemandem über dieses Erlebnis gesprochen. Das war mir einfach nicht möglich. Ich weiß gar nicht, ob ich das jemals einem Menschen überhaupt erzählt habe.

An den Nachmittagen hatte ich einige soziale Kontakte außerhalb der Schule gefunden. Ich nahm Musikunterricht, spielte Tennis und machte Ballett. Ich ging in eine Tanzschule und spielte gerne Tennis. Heute bin ich diesen Kontakten dankbar, denn sie haben mir neben meiner Familie geholfen, nicht aufzugeben, wie ein elfjährige Mädchen, dass ihrem Leben ein Ende setze, weil sie die Anfeindungen nicht mehr ausgehalten hatte.

Ich versuchte, mit unnahbarer Stärke umzugehen und tat nach außen so, als ob ich alles aushalten könnte. Der Mensch passt sich schnell an, so wurde mein Walkman zu meinem ständigen Begleiter und ich tauchte tief in die Welt der Bücher ab. Im Unterricht konnte ich mich nicht mehr konzentrieren. Jeden Tag betrat ich das Schulgebäude und hoffte, dass es nicht so schlimm werden würde mit den Anfeindungen. Vielleicht hören sie auf.

Ich tat so, als würde ich einfach nicht zuhören. Aber das funktionierte nicht so einfach. Natürlich bekam ich alles mit und natürlich trafen mich weiterhin alle Giftpfeile. Irgendwann schnürte sich meine Seele zu - sonst hätte ich es nicht ausgehalten.

Trotzdem, dass ich mehr in mir selbst war, versuchte ich immer alles um mich herum genau zu beobachten, um keinen drohenden, weiteren Angriff zu verpassen.

Manchmal rannte ich auch einfach weg. Andere Male ließ ich die Worte an mir vorbeifliegen und alles fühlte sich an wie ein großes leeres Vakuum, als wären meine Gefühle abgestellt.

Diese Zeit ist voller tiefer Emotionen, Tränen und Leid. Ich fühlte mich ohnmächtig und handlungsunfähig.

Vermutlich kann sich niemand vorstellen, wie schlimm es ist, "gemobbt" zu werden und wie ausweglos die Gesamtlage erscheint. Wie laut es in einem selbst wird und wie der Selbstzweifel die Hauptrolle spielt.

Du wirst ohnmächtig und Dein Lachen entgleitet Dir. Es verunsichert Dich und Du entwickelst eine unerklärliche Angst vor der Begegnung mit anderen Menschen.

Du suchst intensiv nach Gründen und alles erscheint Dir ausweglos. Es ist wirklich schwer zu beschreiben. Du fühlst als, würdest Du alles falsch machen, jeden Handgriff und jedes gesprochene Wort. Du wirst stiller, starrer und möchtest unsichtbar sein.

Der Gedanke, etwas falsch gemacht zu haben und selbst Schuld an der Situation zu sein, hat tiefe Wunden in mir hinterlassen. Dieser Gedanke war ständig präsent und irgendwann begann ich selbst daran zu glauben.

Oftmals dachte ich: "Du bist einfach ein schlechter Mensch". Ich hatte das Gefühl, dass ich es nicht verdient habe, dass andere besser mit mir umgehen. Ich wusste schon lange, dass ich "anders" bin, aber ich fragte mich, was daran so schlimm sei.

Schließlich hatte ich nie jemandem Schaden zugefügt. Es kann schwierig sein, mit besonderen Fähigkeiten umzugehen, die man kompensieren muss, und dies kann zu

Problemen im sozialen Miteinander führen. Es gibt jedoch keine Anleitung oder Erklärung dafür. Die Gesellschaft spielt eine wichtige Rolle dabei, wie Menschen sich verhalten und fühlen.

Eine weitere schlimme Erfahrung machte ich nach dem Gymnasium auf einer Wirtschaftsschule, als ich versuchte, diese schlimmen Geschehnisse endlich hinter mir zu lassen.

Die Mutter jener, damaligen Klassen-Fahnenträgerin der damaligen Mobber war dort als Lehrerin tätig und hatte "unsere Klasse" einmal in Vertretung.

Sie machte da weiter, wo ihre Tochter aufgehört hatte und "putzte" mich vor der ganzen Klasse mit "spitzen" Bemerkungen herunter, die mit Sicherheit aus pädagogischer Sicht anzuklagen sind.

Ihre Rolle als "Führende" nutzte sie da natürlich in vollen Zügen aus. Vermutlich haben meine damaligen Kameraden nicht verstanden, was genau gerade vor ihren Augen passierte, aber in mir brach alles wieder hervor. Ich konnte nur fluchtartig das Klassenzimmer verlassen und wurde von einer, meiner heftigsten Panikattacke heimgesucht.

Später wurde ich gefragt, was denn da los gewesen sei. Aber wie hätte ich das erklären sollen? Ich habe abgewunken.

Ich wurde auch gefragt, warum die Vertretungslehrerin so schäbig zu mir gewesen sei. Sie habe sich ja unmöglich benommen.

Die Panikattacken waren ganz klar eine Folge meiner Erlebnisse in der Schule. Sie wurden mein Ventil und führten mich instinktiv in eine Welt, in der es für mich weniger schmerzhaft war.

Aber sollten wir Menschen tatsächlich so miteinander umgehen?

Die Schwäche des Mobbings zeigt sich in
der Stärke des Individuums, dass es
überwindet.

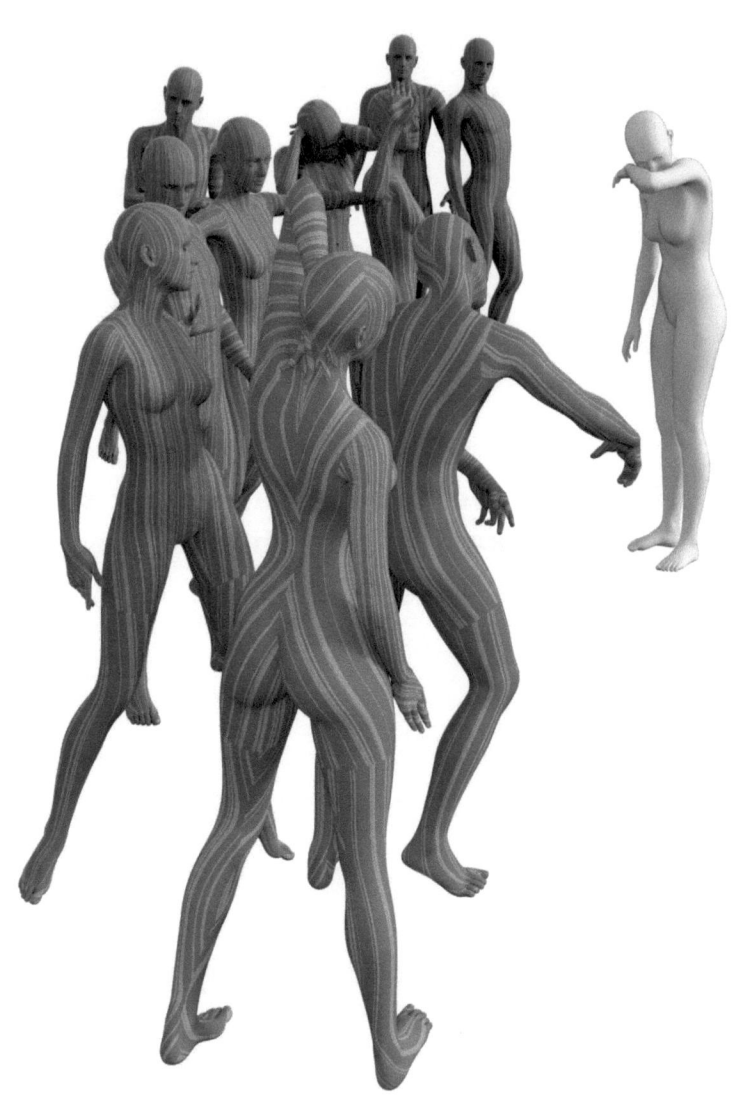

Die Angst schreibt das Drehbuch

Im Kindergarten bekam ich die erste Rolle.

Ein Eichhörnchen sollte ich spielen.

Die Erinnerungen sind nur noch vage.

In der Schulzeit stand ich auch einige Male auf der Bühne.

Einmal als "Hirtin".

Da vergaß ich meinen Text,

lief knallrot an und wollte das Publikum wegbeamen

oder besser noch mich.

Als Teenager saß ich in der Theater-AG und sprach, wie viele andere Interessenten, vor. Meine Stimme stammelte leise und war zittrig. An diesem Tag wäre ich am liebsten im Erdboden versunken. "Lauter, Mädchen! Sprich lauter!", hatte der Leiter gerufen und mir einen genervten Blick geschenkt. Ich war wirklich keine Bereicherung für unsere Schulbühne gewesen und das war die klare Absage.

An der Nordsee spielte ich in einem Laienstück eine grantige Frau. Grantig zu sein, fiel mir nicht leicht. Offensichtlich lag mir das Schauspiel nicht besonders. Ich war stets zu aufgeregt, um in andere Rollen zu schlüpfen. In einer Szene, auf einer Bank im Regenmantel, sollte ich über mein altes Leid klagen. Ich musste mich beschweren, wie mühsam das Leben war und wie unruhig die Touristen alle waren, ständig nervenaufreibende Lamentation. Lieber hatte ich lächeln wollen mit meinen damaligen zwölf Jahren.

Und dennoch wurde ich zum Schauspiel gedrängt, ich fühlte mich regelrecht dazu verdonnert, und es gab kein Entkommen. Eine Angststörung schreibt ihr eigenes Drehbuch. Im Laufe der Zeit schlüpfte ich in so viele Rollen, dass ich unfreiwillig immer besser wurde.

Als junge Frau mit 17 Jahren konnte ich bereits perfekt imitieren.

Wenn ein familiäres Treffen anstand, gab ich mit "schnupfiger" Stimme meine Absage aufgrund einer plötzlichen Erkältung bekannt. So authentisch, dass niemand nachfragte.

Für Restaurantbesuche oder ähnliches inszenierte ich wetterbedingte Kreislaufstörungen, begleitet von Blässe und Mattigkeit. Ich spürte sie und fühlte diesen Zustand auch.

In einer anderen Rolle schlüpfte ich in die Haut einer von Migräne und Übelkeit geplagten Frau und konnte auch mit großer Unlust und einer abwehrenden Handbewegung einem Vorhaben mit Spuren von divenhafter Theatralik entsagen. Ich war schon immer phantasievoll und jede Rolle wurde von mir gespielt. Auf Knopfdruck konnte ich Bäche von Tränen fließen lassen und mich in eine echte Drama-Queen verwandeln. Ich wurde eine Schauspielerin.

Meine Zuschauer mussten von meinem "Schauspiel" überzeugt werden, da ich die Angst davor hatte, dass jemand den Grund für meine Handlungen erfahren könnte. Anfangs gab es auch keine Zweifel aus meinem Umfeld, da mein Schauspiel sowohl visuell als auch verbal überzeugend war.

Ich perfektionierte meine Kunst über fast zwei Jahrzehnte und schlüpfte in unzählige Rollen.

Ich wollte nicht, dass Außenstehende den wahren Grund für mein Verhalten erfuhren, deshalb gab ich mich als leidlich und kränklich aus und wurde zur Eremitin und Außenseiterin. Ich verbot mir selbst, ein Lächeln zu zeigen oder charmant eine neue Ausrede zu erfinden. Ich verbot mir die Wahrheit zu sagen, wissend, dass diese niemand verstehen würde.

Während meine Freunde am Wochenende das Nachtleben genossen, entsagte ich ihren Fragen mit kreativem Schauspiel und hoffte, dass sie irgendwann aufhören würden, mich zu fragen, ob ich sie begleiten würde. Für die meisten war ich eben ein Stubenhocker.

Diese vielschichtigen Rollen raubten mir mein eigenes Ich.

Sie ließen mich abstumpfen und machten mich schwermütig.

Die Angst war eine große Lehrmeisterin und eine eindrucksvolle, strenge Hand. Sie war stärker als alles andere, und ich folgte ihr schweren Herzens, denn ich sah keine andere Wahl.

Ich war stets ein anderer, aber nie der, der ich wirklich war. Ich war und wurde eine Schauspielerin.

Angst ist täuschend echt. Man glaubt ihr jedes Drama, jede Krankheit in jeder Lage.

Obwohl es widerstrebt, ihr zu folgen, bleibt oft keine andere Wahl, denn das mögliche Ende könnte zu schlimm sein. Ich folgte ihr blind in jede Ecke, in der sie mich drängte.

Es war ein Spiel voller Dramaturgie und Leid. Angst ist eine begnadete Regisseurin, und ich wählte jede Rolle, ohne Fragen zu stellen. Binnen Sekunden trug ich jedes Kostüm und durchlief jede abgrundtiefe Szene.

Tief in der Seele mit viel Leid.

Heute sehe ich den Beruf eines Schauspielers/einer Schauspielerin mit großem Respekt vor dieser Kunst, die sehr viel Seelenkraft erfordert.

Jeder spielt seine Rolle in seiner Maske

Peter Cerwenka

Du bist doch eine von uns

Du bist doch auch eine von uns, eine Henrichenburgerin! Dieser Satz ist nicht nur ein Satz. Gesagt hat ihn eine Bekannte, die ich nach etlichen Jahren zufällig in einer andern Stadt getroffen hatte.

Wir besuchten als Kind dieselbe Schule und kannten uns, eher oberflächlich. Ich bin eine Henrichenburgerin! Dieser Satz fühlte sich für mich seltsam an.

Als ich neun Jahre alt war, eröffneten mir meine Eltern, dass sie ein Haus bauen würden und wir in einen anderen Stadtteil ziehen würden. Irgendwann standen wir auf einem riesigen Feld, auf dem nichts war.

Auf einer großen Fläche standen nur zwei Häuser und in der Nähe gab es einen Bauernhof. Es war nicht viel los und wir standen ein wenig verloren auf diesem Feld. Dann ging alles schnell.

Fast allein auf weiter Flur standen in wenigen Monaten drei weitere Häuser, und in eins davon sind wir einen Tag vor Heiligabend gezogen. Wir saßen mitten in Kisten, aber es stand ein Weihnachtsbaum.

Durch den Umzug musste ich das letzte Halbjahr meiner letzten Klasse der Primärschule, in einer anderen Grundschule besuchen. Die Schule war alt, schäbig und es roch moderig. Meine alte Schule war moderner und bunter gewesen.

Die Lehrerin war eigenartig: Ein Rotschopf mit kurzen Haaren und sehr maskulinem Auftreten. Mein Eintritt in die neue Klasse war auch nicht so, wie ich es mir erhofft hatte. Aufgeregt saß ich auf einem merkwürdigen, alten Holzstuhl. Die Lehrerin hielt mein Zeugnis von der alten Schule in der Hand und wedelte damit durch die Luft.

"Wir haben wohl hier eine neue Musterschülerin bekommen", sagte sie und starrte mich an. "Das ist Nicole, und sie geht jetzt in unsere Klasse! Herzlich willkommen", waren ihre Worte, und sie legte mir ohne weitere Worte das Zeugnis auf den alten Tisch, der voller Macken war. Alle Kinder schauten mich neugierig an.

Irgendwie ging dieses halbe Schuljahr vorbei. So richtig warm wurde ich mit niemandem. Natürlich fand ich Kontakte, in den Pausen redete ich immer mit jemandem, und auch in der Freizeit gab es die eine oder andere Verabredung, aber ich vermisste meine Freunde aus der alten Schule, besonders meine beste Freundin.

Zum Glück war es soweit. Es stand der Wechsel zur weiterführenden Schule an, die etwa 8km entfernt lag. Von nun an musste ich mit dem Bus zur Schule fahren. Neun weitere Kinder aus meinem Ortsteil wechselten ebenfalls mit mir. Wir waren fünf Mädchen und vier Jungen.

In der Klasse waren wir 31 Sextaner und Sextanerinnen. Unser Klassenlehrer wirkte zerstreut und trug auch den passenden Namen, Professor Dr. Glock. Er unterrichtete uns in Mathematik und Physik. Wir stellten schnell fest, dass er sehr vergesslich war. Gelegentlich vergaß er, welche Hausaufgaben er uns aufgegeben hatte, oder kam wirr und verspätet in die Klasse, obwohl er eine Arbeit angekündigt hatte.

Wenn wir dann nervös und erwartungsvoll auf ihn warteten und ihn darauf ansprachen, reagierte er manchmal überrascht und fragte uns, was denn los sei. Seine Antwort "Habe ich vergessen. Ihr müsst entschuldigen, aber dann eben in der nächsten Stunde!" war nicht nur einmal zu hören. Wir wussten also nie, wo wir dran waren und wann eine nächste „Schriftarbeit" anstand.

Meine Klassenkameraden wählten mich zur Klassensprecherin. Zum einen war ich darüber erstaunt und zum anderen auch richtig nervös. Was bedeutet es, "Klassensprecherin" zu sein? Es gab rasch Treffen aller Klassensprecher von den Klassen 5 bis 13. Ich saß dort, klein, jung und schüchtern, und hörte zu. Zu reden habe ich mich nicht getraut, sondern nur zugehört. Und ich bewunderte, wie souverän manche reden konnten. Das würde ich so niemals können.

Henrichenburg fühlte sich für mich immer noch seltsam an. Meine kindliche Seele konnte sich dort nicht wohl fühlen. Ich vermisste Kontakte, denn auch meine Klassenkameradinnen aus dem Ort hatten bereits feste Freundschaften. Es ist für das "fünfte Rad am Wagen" nie einfach. Obwohl ich mich mit einer Henrichenburgerin anfreundete, wurde unser Band nie richtig eng.

Die Busfahrten waren immer anstrengend, da die Busse sehr voll waren. Schon beim Einsteigen musste ich mich oft eng an die Tür quetschen und an jeder Haltestelle hieß es: "Aussteigen, Einsteigen... und weiter stehen!". Wenn ich dann noch meine Schulsachen, Sporttasche und Kunstmappe dabei hatte, war das für eine Zehnjährige eine große Belastung. Innerlich habe ich oft geflucht und hätte einfach alles auf die Straße geworfen.

Eine Henrichenburgerin hatte das große Los gezogen. Ihr Vater war bereits Rentner und holte regelmäßig seine Tochter und andere Henrichenburgerinnen mit seinem Golf ab. Nur mich ließ er stehen, da ich keine "echte Henrichenburgerin" war. Das fühlte sich nicht gut an und ich war enttäuscht, traurig und hatte das Gefühl, keine Heimat zu haben.

Ich sah, wie der weiße Golf mit den Henrichenburgerinnen davonfuhr, und ich mich tapfer dem Bus-Chaos stellen musste. Das waren Momente, in denen ich beschloss: Ich will keine Henrichenburgerin sein. Niemals.

Mit diesem Gefühl lebte ich auch in den folgenden Jahren. Ich konnte mich einfach nicht mit diesem Ort identifizieren. Dennoch lebte ich noch lange an diesem Ort und bezog meine erste Wohnung auch dort. Erst viele Jahre später zog ich kurz in einen anderen Stadtteil und dann in eine Nachbarstadt.

Und genau dort, in der Nachbarstadt, fand diese Begegnung statt, mit dieser Bekannten, die sagte: "Du bist doch auch eine Henrichenburgerin!".

Ich hatte sie angestarrt, begleitet von einem verdutzten Ausdruck und dann ohne Nachzudenken folgende Worte gesagt: "Jetzt will ich auch keine mehr sein".

Sie hatte mich irritiert angesehen und wusste nichts darauf zu erwidern.

In diesem Moment fühlte es sich für mich gut an, endlich klar auszusprechen, dass ich nie eine Henrichenburgerin war, sondern lediglich dort gelebt hatte.

Es ist nicht nur ein Foto

Fotos haben schon immer eine magische Wirkung auf mich gehabt. Schon als Kind habe ich gerne eine Kamera in der Hand gehalten. Anfangs war es die von meinem Opa. Ich habe ihn so lange angebettelt, bis er mir eine seiner Kameras gegeben hatte und ich ein Bild machen durfte. Früher musste man noch den Film spannen und seine alte "Voigtländer" machte beim Auslösen ein lautes Klickgeräusch. Die Kamera war auch sehr schwer.

Als Grundschulkind bekam ich meine erste Kamera, eine sogenannte "Pocket-Kamera". Mit ihrem schnellen Auslöser und dem leichten Gewicht war sie ständig im Einsatz und ich konnte endlich viele Fotos machen. Später gesellte sich dann noch eine Sofortbildkamera dazu, die damals sehr beliebt war.

Stundenlang konnte ich Fotoalben betrachten und durchstöbern, und es war dabei egal, ob es sich um sehr alte oder aktuelle Bilder handelte. Immer wieder übten sie eine Faszination auf mich aus.

Die Momente, die längst vergessen waren, konnten wieder lebendig werden. Sie sprühten immer wieder, ohne vergessen zu werden. Ich erlebte dabei besondere Gefühle. Gerne betrachtete ich die Gesichter und überlegte, was in den Menschen während der Aufnahme vorgegangen war. Die Mimik, Gestik und Körperhaltung - alles war unfassbar spannend. Ganze Geschichten flogen durch meinen Kopf.

Im Urlaub, bei Schulausflügen oder Unternehmungen - meine Ritsch-Ratsch-Kamera musste immer mit. Einige Jahre später bekam ich dann die von meinem Opa ausrangierte Voigtländer in die Hand. Es war schon klar, dass ich immer sehr gerne fotografiere - das wurde auch in meinem Umfeld schnell bekannt.

In der siebten Klasse meiner Schule wurde eine Foto-AG gegründet. Schülerinnen und Schüler, die sich für Fotografie interessierten, hatten die Möglichkeit, eine Dunkelkammer zu nutzen und ihre Schwarz-Weiß-Fotos an einer riesigen Wand auszustellen, um sie den anderen Schülerinnen und Schülern zu präsentieren.

Obwohl in der Foto-AG fast ausschließlich Jungen waren, störte mich das nicht. Einer von ihnen zeigte ein besonderes Talent. Seine Fotos fielen mir immer wieder auf, egal ob Landschaften oder Menschen - er erfasste die Momente und hielt sie fest. Es war eine Besonderheit in seinen Fotos und ich muss heute schmunzeln, wenn ich seinen Namen mit immer noch grandiosen Fotos in den sozialen Netzwerken lese.

In meiner Jugendzeit habe ich weniger fotografiert. Ich nahm nur noch sporadisch Bilder auf, meist zu besonderen Anlässen. Die Fotografie wurde erst wieder zu einem größeren Thema, als ich Ende zwanzig war.

Die Fotografie wurde zu einem wichtigen Bestandteil meiner beruflichen Tätigkeit, als ich begann, mich auf dieses Gebiet zu spezialisieren. Durch die zunehmende Bedeutung des Online-Handels wurden wir alle zu Entdeckern der virtuellen Welt mit all ihren neuen Möglichkeiten.

Das Einkaufen im Internet wurde immer beliebter und meine spontane Idee, Insolvenzware online zu verkaufen, wurde bald zur Realität.

Bereits vor meinem dreißigsten Geburtstag konnte ich mein eigenes Online-Handelsunternehmen gründen und erfolgreich betreiben.

Um die Waren präsentieren zu können, musste ich viele Fotos machen. Aufgrund des Erfolgs meines Online-Handels blieb oft nur wenig Zeit dafür. Ein Foto musste schnell im Kasten sein. Ich kann nicht mehr genau sagen, wie viele Bilder ich in dieser Zeit gemacht habe, aber es waren Tausende.

In dieser Zeit entwickelte sich die digitale Fotografie rasant. Immer wieder kaufte ich eine neue Digitalkamera, die noch besser war als die vorherige. Da ich aufgrund meiner beruflichen Tätigkeit relativ wenig Freizeit hatte, verliebte ich mich in die Motive und konzentrierte mich darauf, meine Fähigkeiten zu verbessern.

Selten habe ich etwas anderes fotografiert. Erst als ich wieder mehr Zeit hatte und Kameras mit schwenkbaren Displays zur Verfügung standen, änderte sich meine Motivauswahl wieder. Die ersten Selfies entstanden. Ich hätte zwar lieber andere

Menschen fotografiert, aber Freiwillige zu finden, war gar nicht so einfach.

Die ersten Selfies waren noch nicht gut. Jedenfalls gefielen sie mir nicht. Erst nach längeren Übungen war ich mit dem einen oder anderen Bild zufrieden. Durch die vielen "Produkt-Fotografien" hatte ich allerdings mein Auge geschult.

Fotografie wurde mein Seelen-Ventil und meine treue ständige Begleitung, egal wo ich war und was ich tat. Eine Kamera war immer dabei, um so viele Momente wie möglich festzuhalten. Andere Motive habe ich kunstvoll bearbeitet, um besondere Fotografien zu kreieren. Zu einigen dieser Fotografien habe ich passende Lyrik geschrieben.

Die Fotografie spielte auch in meinem beruflichen Leben eine immer größere Rolle. Ich arbeitete für ein großes internationales Unternehmen, das im Kaffeegeschäft tätig ist, und begleitete Autoren fotografisch bei ihren Lesungen. Bei "Bochum total", einem riesigen Event, erhielt ich meinen ersten Presseausweis und fühlte mich sofort in meinem Element.

Besonders die Konzertfotografie hat es mir angetan, da sie fantastische Emotionen einfangen kann. Es folgten Auftragsarbeiten für Freunde und Familie, und später auch für die Presse und Medien.

Kameras sind aus meinem Leben nicht mehr wegzudenken. Ich liebe es, fotografische Geschichten zu erzählen. Seit rund drei Jahren bin ich Content-Creator und betreibe meinen eigenen Blog in den sozialen Netzwerken. Jeden Tag poste ich mindestens ein Bild und versehe es mit einem kreativen Text. Ich habe noch nie so viel Spaß gehabt. Ich freue mich über das Feedback der Menschen, die in der Regel sehr freundlich sind. Bisher hatte ich nur sehr wenige, seltsame Erfahrungen.

Die typischen "Internet-Trolle" oder auch eine Frau aus dem Ausland, die mich fälschlicherweise für einen lokalen Politiker hielt und immer noch hält, wird als Stalkerin wahrgenommen.

Wenn du eine Kamera in den Händen hältst und sie sich gut anfühlt, dann ist sie die Richtige für dich. Ich habe schon viele Kameras ausprobiert, aber nur wenige haben sich wirklich gut angefühlt. Jetzt habe ich endlich meine "feste Ausrüstung" gefunden.

Wenn ich eine Hochzeit fotografiere (was ich schon mehrmals gemacht habe), bin ich besonders aufgeregt. Für das Paar ist es ein besonderer Tag, und ich möchte diese Besonderheit mit meiner Bildsprache einfangen und als Erinnerung festhalten. Vielleicht gibt es Momente, die sie aufgrund der Aufregung selbst nicht wahrgenommen haben.

Ich sehe die Welt in Bildern und wenn ich eine Kamera in der Hand habe, befinde ich mich in meiner eigenen Welt.

Viele mögen daher gar nicht mit mir Spazierengehen, denn es ist ein ständiges Stop and Go.

**Wer sehen kann, kann auch
fotografieren. Sehen lernen kann
allerdings lange dauern**

Werbespruch der Leica-AG

PART II

Deswegen werde ich laut...

Gewalt gegenüber Frauen durch Männer ist ein sehr sensibles und persönliches Thema, das leider oft hinter verschlossenen Türen bleibt.

Viele Frauen sind Opfer von häuslicher oder sexueller Gewalt, aber aus Scham oder Angst sprechen sie nicht darüber. Oft fühlen sie sich allein gelassen und hilflos, während der Täter ungestraft bleibt und weiterhin Gewalt ausübt. Manche erfahren sogar gesellschaftliche Anerkennung.

Es ist wichtig, dass diese Tabus gebrochen werden und Opfern von Gewalt gegen Frauen Gehör und Unterstützung zuteil wird.

Nur so kann langfristig eine Veränderung herbeigeführt werden, um Gewalt gegen Frauen zu verhindern und zu bekämpfen.

Es ist schwer zu beschreiben, wie es ist, Gewalt hinter verschlossenen Türen zu erleben. Es ist eine Erfahrung, die einen zutiefst verletzt und beeinflusst, und die leider viel zu häufig vorkommt.

Ich selbst habe solche Gewalt erlebt, und ich kann sagen, dass es mich für lange Zeit und bestimmt für meine weiteres Leben geprägt hat.

Ich habe mich geschämt und es vor allen versteckt, aus Angst vor Stigmatisierung oder dem Verlust meiner Beziehungen. Es ist die große Angst davor versagt zu haben.

Es geht um Macht, Machtausübung und emotionalen Bindungen.

Die Gefühle waren abgestellt, ich fühlte nichts mehr und war emotional taub. Die Gewalt hatte mich gebrochen und ich hatte das Gefühl, dass ich nie wieder in der Lage sein würde, mich zu erholen oder wieder normal zu werden.

Ich denke, dass es wichtig ist, über solche Erfahrungen zu sprechen und sie nicht zu verstecken oder zu verdrängen. Denn nur so können wir uns gegenseitig unterstützen, Prävention betreiben und dazu beitragen, dass diese Art von Gewalt nicht mehr toleriert wird.

Es ist schwer, aber es ist wichtig, sich zu öffnen und Hilfe zu suchen. Denn es gibt immer Unterstützung und Möglichkeiten, sich von der Gewalt zu befreien und ein neues Leben zu beginnen.

Ich danke dem „Weissen Ring", den Ansprechpartnerinnen von BISS, Nachbarn und Dorfbewohnern, Herrn Wolfgang Siegel, Menschen, die für einfach für mich da waren, meiner Familie und viele Ohren, die einfach zuhörten und Arme, die mich mit Liebe umarmten.

Narzissmus geht tiefer

„So etwas kann doch mir nicht passieren"; das würden vielleicht sehr viele Menschen spontan äußern, wenn sie auf das Thema Narzissmus angesprochen werden.

Das Thema greift immer mehr um sich. Es gibt unzählige Bücher, Fachliteratur, YouTube Videos und mehr. Es scheint, als wären immer mehr Menschen betroffen.

Aber wie kann das sein? Gibt es heute mehr Narzissten als früher? Hat die Störung zugenommen oder ist Narzissmus einfach salonfähiger geworden? Feststeht, dass Narzissten keinen guten Ruf haben. Ihnen wird Größenwahn, Selbstgefälligkeit, Rücksichtslosigkeit, Gewalt und vieles mehr nachgesagt. Früher wurde der Begriff eher mit Selbstverliebtheit assoziiert. Doch wäre es falsch, sich selbst zu lieben? Narzissten wird Hybris, Gefallsucht und Mangel an Empathie attestiert. Möglicherweise ist Narzissmus auch einfach zu einem Modewort geworden.

Zur Frage, ob es heute mehr Narzissten gibt als früher, gibt es keine klare Antwort. Einige Studien deuten darauf hin, dass die

Prävalenz von Narzissmus in der Gesellschaft gestiegen ist, während andere Studien keine signifikanten Unterschiede zeigen. Es könnte auch sein, dass wir heute einfach mehr über Narzissmus und seine Auswirkungen erfahren und deshalb mehr darauf achten.

Es ist wichtig zu beachten, dass nicht jeder, der ein gewisses Maß an Selbstliebe und Selbstvertrauen zeigt, ein Narzisst ist. Narzissmus wird als Störung betrachtet, wenn er das tägliche Leben der Person beeinträchtigt und sie oder andere in ihrem Umfeld negativ beeinflusst.

Es ist auch möglich, dass Narzissmus in der heutigen Gesellschaft aufgrund von Faktoren wie sozialen Medien und einer Kultur, die Erfolg und Status über alles andere stellt, salonfähiger geworden ist. In jedem Fall ist es wichtig, Narzissmus und seine Auswirkungen auf die Gesellschaft und zwischenmenschliche Beziehungen zu verstehen.

Sowohl im Journalismus, im Showbusiness als auch in der Politik stoßen wir auf Narzissten. Aber woran erkennt man sie? Ein Mensch, der narzisstisch ist, idealisiert sich oft selbst und es gefällt ihm, andere herabzusetzen. In jedem von uns stecken auch narzisstische Eigenschaften, die entweder stärker oder schwächer ausgeprägt sein können.

Doch nicht jeder Narzissmus ist negativ - das gesunde Selbstwertgefühl kann durchaus als positiver Narzissmus beschrieben werden. Ein "echter" Narzisst hingegen besitzt zu wenig Selbstwertgefühl und konstruiert eine Scheinwelt, um dieses Defizit zu kaschieren.

Wehe, er wird kritisiert, dann ist er zutiefst gekränkt.

Unsere Gesellschaft hat viel dazu beigetragen, dass Narzissmus weit verbreitet ist. Die Selbstportrait-Kultur und der von Hyperkapitalismus geprägte Lebensstil fördern narzisstisches Verhalten.

Die Ursachen von Narzissmus finden sich üblicherweise im Elternhaus. Wenn Eltern ihr Kind nicht stärken und annehmen, wie es ist, sondern ein Wunschbild von ihm oder ihr kreieren, wird sich das Kind genau mit diesem Bild identifizieren, um überhaupt wahrgenommen zu werden.

Dieses Bild wird dann zum vermeintlichen Selbstbild des Kindes.

Es ist in der Tat sehr schwierig, eine gesunde Beziehung mit einem Narzissten aufzubauen und aufrechtzuerhalten. Die egozentrischen Verhaltensweisen des Narzissten dominieren die Beziehung und lassen keinen Raum für den Partner, der oft in einem Zustand permanenter Unsicherheit und Selbstzweifel verharrt.

Der Narzisst erwartet ständig, dass der Partner ihm Aufmerksamkeit schenkt und seine Bedürfnisse befriedigt, während er selbst wenig oder gar keine Rücksicht auf die Bedürfnisse des Partners nimmt.

Wenn der Partner versucht, seine eigenen Bedürfnisse und Wünsche auszudrücken, reagiert der Narzisst oft mit Wut, Kritik und Demütigung, was den Partner dazu veranlasst, sich zurückzuziehen und sich zu isolieren. Dieses Rückzugsverhalten kann zu einer Verschlechterung der Beziehung führen und den Partner noch stärker in die Abhängigkeit des Narzissten treiben.

Es ist wichtig zu verstehen, dass es nicht die Schuld des Partners ist, dass die Beziehung scheitert, sondern dass die

Verhaltensweisen des Narzissten die Beziehung ungesund und einseitig machen.

Der Partner muss lernen, seine eigene Stärke und Identität wiederzugewinnen und sich von dem Narzissten zu distanzieren, um eine gesunde Beziehung aufzubauen.

Der Partner ordnet sich dem Narzissten unter und fühlt sich dabei wertlos und minderwertig. Die ständige Kritik, die ihm der Narzisst entgegenbringt, führt zu einer zunehmenden Verunsicherung. Oft muss sich der Partner stark anpassen und ist ununterbrochen auf der Hut, um möglichst fehlerfrei zu handeln.

Er erträgt Belehrungen, Demütigungen, Kritik und Anklagen völlig wehrlos. Dies kann viel Stress auslösen, und der betroffene Partner wird unentwegt von Angst- und Schuldgefühlen belastet. Es fällt ihm schwer, abzuschalten, da er ständig befürchtet, weitere seelische und auch physische Angriffe zu erleben.

In der Regel beginnt eine Beziehung mit einem Narzissten absolut traumhaft. Nicht selten verläuft sie nach einem ähnlichen Schema. Zu Beginn einer Partnerschaft zeigt sich der Narzisst besonders liebevoll, überschüttet den neuen Partner mit Komplimenten und zeigt sich empathisch. Mit viel Charme und Aufmerksamkeit erreicht er sehr häufig schnell sein Ziel, denn Menschen mit einer narzisstischen Persönlichkeitsstörung fällt es leicht, andere einzuschätzen und mit Komplimenten zu überschütten. Durch das Hervorheben der Einzigartigkeit und Intensität der neuen Beziehung schaffen sie schnell eine intime und auch emotionale Abhängigkeit.

Der Narzisst genießt das Gefühl, leidenschaftlich begehrt zu werden.

Irgendwann reichen einem Narzissten diese Gefühle jedoch nicht mehr. Die Gewöhnung an Liebesbekundungen führt zu Distanz, und der Narzisst weist seinen Partner durch Kritik zurück.

Der Partner erkennt, dass er dem Narzissten nicht genügen kann und reflektiert dies. Oftmals fällt es dem Partner schwer, das Problem anzusprechen, da der Narzisst ihm überlegen ist und Schuldzuweisungen an seinen Partner weitergibt. Ein Narzisst kann nicht oder nur sehr schlecht mit Kritik umgehen. Eine beiläufige Bemerkung reicht oft aus, um einen Narzissten zu kränken und gegen sich aufzubringen.

Es ist kein Wunder, dass der Verlauf einer Beziehung mit einem Narzissten eine Herausforderung darstellt. Oft wechseln liebevolle, einfühlsame Phasen in wenigen Sekunden in Phasen von unangebrachter Härte und Rücksichtslosigkeit. Eine Beziehung mit einem Narzissten kann unerträglich werden und eine toxische Dynamik entstehen.

Es ist schwer für den Partner, sich aus einer Beziehung mit einem Narzissten zu lösen.

Hinter dem narzisstischen Verhalten steht im Grunde eine sehr große Verletzlichkeit.

Um sich selbst besser darzustellen, wird bei Narzissten nicht das eigene Haus höher gebaut, sondern das des anderen eingerissen

Grenzen

Schon unmittelbar nach dem Aufwachen, wenn ich in sein Gesicht blickte, ahnte ich oft schon, ob es ein guter oder schlechter Tag wird. Wenn seine Augen eiskalt waren und seine Stimme schneidend klang, dann hielt ich mich lieber zurück und war ruhig.

Ich bereitete immer das Frühstück vor. Er sagte immer, dass er ein Morgenmuffel sei und es morgens nie schaffen würde. Ich habe schon oft darüber gelacht, denn selbst zu späterer Stunde schaffte er Arbeiten im Haushalt nicht.

Wenn wir am Frühstückstisch saßen, konnte es angenehmer werden. Oftmals wollte er jedoch nicht frühstücken, sondern lieber einkaufen gehen. Wenn ich nicht arbeiten musste, gab ich nach. Ich wusste ja, wie schwierig es war, dagegen zu protestieren.

Wenn wir im Supermarkt waren, musste ich mich sehr zurückhalten und jedes Wort überlegen. Zu oft wurde ich von ihm zusammengestaucht, wenn ich eigenständig durch den Laden lief und ihm zurief, was ich gerade holen möchte. Manchmal war ich einfach losgelaufen, was jedoch falsch war. Er hatte mich dann mit Kritik überschüttet. Manchmal hatte ich sein Schreien gar nicht mehr gehört und einfach aufgehört zuzuhören.

Ich hatte nichts mehr gesagt oder war sogar weggegangen. Doch das funktionierte nicht bei ihm. Er kam mir oft hinterher und hatte dabei oft Gegenstände zerstört oder Türen zugeschlagen. Wenn wir mit dem Auto unterwegs waren, wurde das Auto zu einer Waffe. Er trat entweder wie verrückt auf das Gaspedal oder er stellte das Auto mitten auf der Straße ab und stieg aus. Manche Male trat er wie verrückt auf das Gaspedal und raste wie ein Verrückter. Momente der Angst.

Ich habe das nie verstanden. Wo kam diese Wut her? Seine Wut hatte nie einen Bezug zur tatsächlichen Situation.

Ich stellte fest, dass es nicht besser wurde. Seine Ausbrüche wurden häufiger und schlimmer. Es schien ihm nicht mehr zu reichen, mit Worten auf mich einzuprügeln, denn er erfuhr keine ausreichende Wirkung mehr.

Ich schwieg und schaute ihn nur an. Ich begann mich auch nicht mehr ständig zu entschuldigen. Ich hatte genug. Aber er griff zu anderen Mitteln. Seine überlegene Körperkraft kam zum Einsatz. Er drückte mich gegen Wände oder in Ecken, hielt mir den Mund zu, drückte meinen Arm oder drückte mich einfach zu Boden. Unzählige Gewaltmomente, die ich irgendwie über mich ergehen lassen musste.

Irgendwann schlug er auch auf mich ein. In diesen Momenten fühlte ich nichts mehr. Ich war emotional taub. Nicht einmal Angst konnte ich verspüren. Ich war kaltgestellt und das hatte er durch sein langjähriges, perfides Vorspiel erreicht. Immer wieder hatte ich blaue Flecken, die ich sorgfältig verbarg. Wenn sich sein nächster Ausbruch zeigte, dann rannte ich zu jedem Fenster, um sie zu schließen. Ich schämte mich - ich schämte mich für ihn und besonders für mich selbst. Ich war hilflos und konnte ihm nichts entgegensetzen.

Tagsüber flüchtete ich mich in meine Arbeit oder in die virtuelle Welt, um Ablenkung zu suchen und mich abzuschotten. Ich war ständig auf der Hut, um weder ein falsches Wort zu sagen noch ein falsches Verhalten zu zeigen. Es war klar, dass es ein unmögliches Spiel war, da immer neue Punkte hinzu kamen, die er an mir kritisierte.

Emotional habe ich mich verschlossen und auch meine Kontakte zu anderen Menschen blieben nur noch sehr oberflächlich. Ich hatte mich nicht getraut, Freunde zu suchen.

Er hatte mich über die Jahre isoliert. Ich habe es erst nicht gemerkt, aber irgendwann wachte ich auf.

Berührungen gab es keine und wenn schauderte mein Körper. Auch wenn ich nichts mehr empfand, konnte ich ihn weder riechen noch seine Berührungen ertragen, auch in Phasen, in denen er sich liebevoll zeigte. Ich erkannte sofort, dass alles nur ein Spiel für ihn war.

Es konnte nicht schlimmer werden. Während ich während meines Fernstudiums einen Text las, spürte ich, wie meine Tränen flossen. Der Beispiel-Fall, der in diesem Text skizziert wurde (ich machte zu dieser Zeit ein Fernstudium der Allgemeinen Psychologie), war mir so vertraut. Ich las über mein Leben, über das

Leben mit einem Narzissten. Die Worte, die ich las, verschwammen plötzlich, denn die Tränen liefen. Die Wahrheit kann schmerzhaft sein.

In den nächsten Wochen eskalierte die Situation zunehmend. Kaum eine Woche verging, in der ich nicht psychisch und physisch drangsaliert wurde. Blaue Flecken am Körper wurden Alltag. Nur in der Welt meiner Kunst fand ich noch etwas Zugang. Das Schreiben fiel mir schwer, alles in mir war blockiert.

Und dann kam der Tag, der alles veränderte.

Es war Januar, an einem Sonntag. Wie üblich ging ich in die Küche, um das Frühstück vorzubereiten. Ich hantierte mit dem Backblech, als ich hörte, wie er die Treppe herunterkam. Er fragte mich etwas und ich antwortete ihm. Ich schob das Backblech in den Ofen und stellte auch eine Frage.

Was dann geschah, kann ein gesunder Menschenverstand nicht nachvollziehen

Drohend stand er vor mir, bäumte sich auf und schrie: "Wie kannst du es wagen, mich wieder zu unterbrechen? Ich war noch nicht fertig! Du unterbrichst mich ständig, aber das lasse ich nicht zu!", während sein Gesicht immer näher an meines kam.

Er hatte diese Taktik bereits angewandt, um seine Drohungen zu verstärken. Ich zog mich jedoch nicht zurück, da ich nichts empfand und seine Vorwürfe nicht verstand.

"Ich habe das Backblech in den Ofen geschoben und nichts gehört", erwiderte ich entschuldigend. Ich wusste jedoch, dass das nicht ausreichen würde. Er stapfte durch die untere Etage, warf etwas durch den Flur und kam dann wieder zu mir zurück, um mich anzuschreien. Er beleidigte mich mit einer Vielzahl von Worten und beschuldigte mich für alles. Am liebsten hätte ich mir die Hände auf die Ohren gehalten, aber ich fühlte nichts. Ich wollte einfach aus der Küche gehen und weggehen, in der Hoffnung, dass er sich beruhigen würde. Doch er versperrte mir den Weg und ich hatte keine Chance.

Er stand vor mir und schrie weiter, als wäre er von Sinnen. Ich trat ein paar Schritte zurück und hoffte, dass er mir so etwas

Platz machen würde, damit ich entkommen konnte. Meine Vermutung war richtig, er wich ein wenig zur Seite und ich rannte schnell wie ein Wiesel aus der Küche. Er folgte mir. "Ich trenne mich!", schrie ich. "Ich trenne mich!", schrie er zurück. Dann stürmte er die Treppe hinauf.

Ich hörte Geräusche von oben und blieb im Wohnzimmer. Es war alles so anstrengend, und ich hatte keine Kraft mehr. Ich wollte das nicht mehr. Irgendwann kam er herunter - im Schlepptau eine Sporttasche, die schwer zu sein schien. Ich kannte dieses Spiel schon. Immer wieder hatte er seine Tasche gepackt und dieses Szenario als Druckmittel benutzt.

Die ersten Male hatte ich die Fehler immer bei mir gesucht, war entschuldigend und bettelnd vor ihm gestanden und hatte Besserung gelobt. Mein unterwürfiges Verhalten hatte ihm wohl ausgereicht. Er hatte seine Tasche wieder nach oben getragen.

Doch ich wollte das an diesem Tag nicht mehr. Ich entschuldigte mich nicht weiter und blieb im Wohnzimmer sitzen. Ich hörte, wie er die Tür des Seitenausgangs schloss und blieb weiterhin stumm und starr auf dem Sofa sitzen.

Nur wenige Minuten später stand er wieder vor mir, schimpfend, schreiend und voller Zorn. Er packte mich an den Schultern, warf mich wie einen Kegel durch die untere Etage und drückte mich an den Wandspiegel. "Ich werde dir zeigen, was du bist, du arrogante, dumme Kuh. Es ist kein Wunder, dass dich niemand mag!", schrie er und drückte mich mit ganzer Kraft in den Spiegel. Er riss an meinen Haaren und ich spürte, wie der Spiegel im Rücken zerbrach.

Ich wollte nur noch wegrennen und entkommen, aber er stieß mich weiter durch die Wohnung, schleuderte mich gegen Wände, umklammerte mich so fest, als wolle er mich zerquetschen und schlug auf mich ein.

Ich fühlte nichts. Ich war leer. Ich dachte in diesem Moment nur, dass ich das nicht überleben werde. Das wird mein Ende, kam mir nur in den Sinn. Ich war leer.

Er schrie von Sinnen: 'Ich bringe Dich um! Ich töte Dich jetzt!' und warf mich zu Boden. Zu meinem Glück konnte ich in diesem Moment fliehen und rannte ins

Wohnzimmer, um Hilfe zu holen. Doch er war schneller und schlug mir das Telefon aus der Hand, so dass es durch den Flur flog und zerbrach.

'Du bist dran!', schrie er weiter und begann erneut auf mich einzuprügeln. Er hielt mich fest und ich konnte kaum atmen, während er mich würgte und mich fest an meinem Kinn hielt, als würde er mein Gesicht zerquetschen.

Ich kann mich nicht mehr an das weitere Geschehen erinnern, da es verschwimmt. Ich weiß nur noch, dass er irgendwann von mir abließ und aus dem Haus rannte. In diesem Moment konnte ich mein Handy holen und die Notrufnummer 110 wählen. Ich rief um Hilfe und schilderte kurz die Situation. Anschließend wählte ich die Rufnummer meiner Eltern, um nicht allein zu sein. Während des Telefonats hörte ich, wie er zurück ins Haus kam. Allerdings kam er nicht zu mir, sondern ging ins Badezimmer und schloss die Tür hinter sich.

Es schien eine halbe Ewigkeit zu dauern, bis Polizei und Krankenwagen bei mir vor dem Haus eintrafen. Ich war immer noch vollkommen emotionslos und spürte nichts.

Ich weiß heute, dass ich unter Schock gestanden habe.

Ich ließ die Polizisten ins Haus und schilderte kurz, wo er sich befand, bevor ich aus der Situation herausging. Ich hörte, wie sie ihn baten, die Tür zu öffnen, und einer der Retter fragte mich, ob es einen Fensterzugang zu dem Bad gab. Meine Antwort war: "Es gibt zwei Fenster, aber sie sind nicht so groß

Immer wieder forderten die Retter ihn auf, doch die Tür zu öffnen. Er muss es wohl gemacht haben. Jedenfalls hörte ich eine Stimme, die sagte: „Was haben Sie denn da gemacht?"

Ich saß im Wohnzimmer und wollte mit der Situation nichts zu tun haben. Ich hatte keine Kraft mehr und war immer noch komplett durcheinander und emotionslos.

Nach einer Weile standen die beiden Polizisten vor mir und fragten, ob ich medizinische oder andere Hilfe benötigen würde. Sie stellten Fragen, auf die ich irgendwie antwortete. Um tapfer zu wirken, erwiderte ich, dass alles in Ordnung sei, obwohl ich einige blaue Flecken hatte und meine Schulter ein wenig schmerzte. Ich fühlte weiter nichts,so gar nichts.

Mir wurde gesagt, dass er sich mit einer Rasierklinge am Arm verletzt hatte. Ich hörte, wie sie ihn in den Krankenwagen brachten, und irgendwann wurde es still.

Ich saß da und fühlte immer noch nichts - weder Erleichterung noch etwas anderes.

Nur wenig später piepte mein Handy. Ich erhielt eine WhatsApp-Nachricht von einer Dorfbewohnerin, die mich fragte, ob bei uns alles in Ordnung sei. Ihr Mann habe Polizei und Krankenwagen vor unserem Haus gesehen. "Nein, es ist nicht alles in Ordnung. Er ist durchgedreht und hat mich verprügelt", stammelte ich. "Ich komme", sagte sie.

Nur wenige Minuten später stand sie vor mir. Wir gingen ins Badezimmer und sahen eine Blutlache auf dem Boden. Ich war wie gelähmt. "Ich werde das beseitigen", sagte sie und fragte mich nach dem Putzzeug. Ich war so dankbar in diesem Moment und musste nur aus der Situation herauskommen. Ich gab ihr Bescheid, wo das

Putzzeug war, und ging ins Esszimmer, setzte mich auf einen Stuhl und wartete. Ich war immer noch wie gelähmt und spürte langsam, wie einige Körperstellen immer mehr und mehr schmerzten.

Ich empfand eine starke Dankbarkeit ihr gegenüber. Sie war da, half mir und hörte zu, als ich ihr erzählte, was mir passiert war. Sie schaute sich meine unzähligen blauen Flecken an.

Sie hörte einfach nur zu, und das tat gut. Ich bin ihr heute noch dankbar, denn das war nicht selbstverständlich.

Ein Polizist hatte mir eine Telefonnummer in die Hand gedrückt und gesagt, dass sie mich anrufen werden, wenn ich dort nicht anrufe.

Ich habe keine klaren Erinnerungen an den weiteren Verlauf des Tages. Ich erinnere mich nur noch daran, dass andere Nachbarn geklingelt und mich einfach nur umarmt haben. Sie waren alle für mich da - ohne Vorbehalte - und zeigten sich tief erschüttert.

Am nächsten Tag erhielt ich einen Anruf und bekam Vorschläge, was ich nun am besten tun sollte. Ich schaltete eine Anzeige und musste zum Gericht, um eine Kontaktsperre zu erwirken. Mir wurde weitere Hilfe zugesichert, insbesondere vom Opferschutz. Das Wort hallte in meinen Ohren wider und wider.

Ich erinnerte mich daran, dass ich einmal als Journalist über einen Vorfall in einer Schule geschrieben hatte. Dabei wurde ein Jugendlicher von drei anderen zusammengeschlagen und mit einem Messer bedroht. Ich hatte mich mit den Eltern des Opfers getroffen und ausführlich mit ihnen gesprochen. Zudem hatte ich mich mit dem Verantwortlichen des "Weißen Rings" unterhalten, der mir erklärt hatte, wie in solchen Fällen am besten geholfen werden kann.

Dieses Gespräch hatte mich so positiv beeindruckt, dass ich die Informationen erneut zur Hand nahm und mich diesmal nicht als Journalist, sondern als Opfer einer Gewalttat an den "Weißen Ring" wandte.

Ich erhielt prompt eine Antwort und wurde eingeladen, am nächsten Tag zum Gericht begleitet zu werden. Ich war dankbar für das Angebot und nahm es an. Dennoch konnte ich immer noch nichts fühlen – alles erschien mir surreal und ich funktionierte irgendwie.

Im Gericht hatte ich Glück und traf auf eine sehr freundliche und ruhige Frau, die sich alles genau notierte und mir Fragen stellte. Nach rund eineinhalb Stunden konnte ich das Gericht verlassen. Ich fühlte mich schwach, war aber dankbar, dass der Begleiter vom "Weißen Ring" dabei gewesen war. Er war mir in diesem Moment eine entscheidende Stütze. Nach diesem Termin musste ich noch zum Arzt, um meine Verletzungen aufnehmen zu lassen.

Das war äußerst unangenehm und ich schämte mich. Doch letztendlich überstand ich alles irgendwie und funktionierte weiter. In diesen Tagen waren meine Nachbarn immer für mich da. Sie brachten mir sogar Lebensmittel und sorgten dafür, dass ich abgelenkt wurde.

Ich war erleichtert, als mein Antrag auf Kontaktsperre genehmigt wurde. Auch den Termin bei der Polizei konnte ich erfolgreich bewältigen. Zudem fand ich eine Anwältin, die sich um alles Weitere kümmern würde.

In den folgenden Wochen war ich ständig unterwegs, beschäftigte mich und lenkte mich ab. Es war niemals still in und um mich herum. Ich gab vor, tough und erleichtert zu sein.

Jedoch sollte sich später herausstellen, dass dies trügerisch war. Doch davon werde ich noch berichten.

**Hass ist die Rache des Feiglings dafür,
dass er eingeschüchtert wurde.**

(George Bernhard Shaw)

Eine leise Melodie

Eine leise Melodie hält mich fest im Arm,
sanft und unermüdlich säuselt sie in mein
Ohr. Ich lausche, höre zu und beginne zu
tanzen.

Sanft in deinem Arm schaukel ich hin und
her, spüre deinen Hass nicht einmal mehr.
Früher war es warm, heute ist alles nass in
meinem innersten Tränenmeer.

Mit mir, in mir, mit dir und mit der ganzen
Welt. Ich öffne dir die Tür einen Spalt und
sehr weit, gewähre Einlass und lasse mich
im Sog mitreißen. Deine Euphorie, deine
Phantasie sind wie ein Wahn. Gemeinsam,
nur noch gemeinsam laufen wir. Du hältst
meine Hand, Versprechen trommeln aus
dir. Das allergrößte Glück soll endlich
gefunden sein.

Eine leise Musik flüstert mir ins Ohr, mit
unbehaglichen Gefühlen spielt eine schiefe
Harmonie. Ich hoffe, wir stehen straff als
gute Partie.

Sanft in deinem Arm schaukel ich hin und
her, spüre deinen Hass nicht einmal mehr.

Früher war es warm, heute ist es nass in meinem innersten Tränenmeer.

Eiskalt können deine Augen blicken, so laute Worte mit wütendem Gewand. Verstehen oder fühlen kann ich sie nicht. Dein Jähzorn, dein Hass, deine Welt In meinem Herzen liegt der erste Stein. Entschuldigung, Entschuldigung mit kaltem Blick „Das allergrößte Glück, das spielen doch wir". Eine leise Melodie klebt sich in mein Ohr. Warnungen, die ich nicht verstehe. Ich weiß, es sind doch nur deine Sichtweisen.

Sanft in deinem Arm schaukel ich hin und her, spüre deinen Hass nicht einmal mehr. Früher war es warm, heute ist es nass in meinem innersten Tränenmeer.

Kritik ist das, was du täglich auf mich schießt. Worte, die wie Messer schneiden, die mich jagen. Unermüdlich arbeite ich an meinen Fehlern, nur um ein liebes Wort zu erfahren. Deine Ausbrüche verriegeln die Pfade zu meinem Herz. Wenige Momente der Liebe fangen uns noch auf. Sie betten uns verzweifelt wie Funken.

Sanft in deinem Arm schaukel ich hin und her, spüre deinen Hass nicht einmal mehr. Früher war es warm, heute ist es nass in meinem innersten Tränenmeer.

Eine leise Melodie sticht auf mich ein, diese Bestie fordert mich zum Tanz. Mein Schweigen wird zur Lethargie.

Wenn deine Hände mich wieder zerdrücken, mich an die Wand jagen, mir den Tod wünschen bis das Blut aus mir am Körper rinnt. Kein Gefühl spricht mehr. Alles schweigt. Kein Schmerz zu fühlen, deine Welt ist eiskalt. Mein stummer Schrei ohne Furcht.

Nicht einmal Angst ist mir geblieben. Sanft in Deinem Arm schaukel´ich hin und her spüre deinen Hass nicht einmal mehr. Früher war es warm heute ist es nass in meinem innersten Tränenmeer. .. bis endlich diese Melodie verstummt.

Du darfst nicht reden

Ich habe lange darüber nachgedacht, ob ich über das, was mir passiert ist, schreiben und es mit anderen teilen soll. Sollte ich es lieber für mich behalten und in meinem "Kämmerlein" in der staubigsten Ecke vergraben? Oder sollte ich versuchen, es zu vergessen oder es in heimlichen Tränen auf lange Sicht zu verarbeiten?

Es lässt sich nicht ignorieren und es hat auch keinen Sinn, das zu versuchen. Nur so trage ich mit dazu bei, dass Gewalt gegenüber Frauen in den eigenen vier Wänden weiter ein Tabu-Thema sein und bleiben wird. Das will ich nicht.

Ich kann das nicht. Das entspricht nicht meiner Persönlichkeit. Ich bin kein Mensch, der nur eine perfekte Fassade nach außen zeigt. Für mich zählt die Gesamtheit - einschließlich der Schattenseiten. Es spielt keine Rolle, wie unschön sie sind oder welchen Makel sie auf mich werfen können.

Freundschaften haben für mich erst den größten Wert, wenn jeder von dem anderen seine Schattenseiten kennt und beide sich trotzdem in die Augen sehen wollen und können.

In den folgenden Wochen gab es viel zu tun. Ich habe meinen Haushalt ausgemistet und alles entfernt, was ich nicht mehr sehen oder ertragen konnte und wollte.

Dazu gehörte auch der hässliche, braune Wohnzimmerschrank. Ich habe dieses Ungetüm schon lange verabscheut. Viermal bin ich mit diesem Schrank umgezogen und musste ihn jedes Mal wieder auf- und abbauen, jedes Mal mit Unlust und innerer Abwehr. Jedes Mal schwer schleppend, denn er ließ mich gerne schwer schleppen. Es war offenbar Genugtuung für ihn. Schwere Kisten Getränke überließ er mir. „Frauen wollen doch emanzipiert sein. Dann trag!", war sein Spruch.

Und nun gab es den "Final Cut mit dem Möbelstück". "Wir trennen uns endlich", sagte ich laut und motiviert. Eine Freundin half mir dabei. Zusammen bauten wir dieses Ungetüm ab und es war ein Glücksgefühl, es aus dem Haus zu tragen. So schwer die Bauteile auch waren - so befreiend war es, die Last loszuwerden.

Am nächsten Tag war mein ganzer Körper mit Blessuren und blauen Flecken übersät, aber ich hatte es gar nicht bemerkt, als ich die riesigen und schweren Teile herausgetragen hatte. Ich wollte diesen Ballast einfach nur loswerden! Ich verbrachte etliche Wochen damit, alles aus meinem Leben zu entfernen. Obwohl ich oft am Rande meiner Erschöpfung war, spürte ich es kaum, da ich immer noch wie gelähmt war.

Ich hatte schon immer einen völlig anderen Geschmack, wenn es um die Einrichtung geht.

Ich mag es gerne überschaubar, nicht überladen und ohne viel Schnickschnack. Klare Linien und wenige Farben reichen mir aus. Ich fühle mich in einer unaufgeregten Umgebung wohl, gerne auch mit Schwarz-Weiß-Bildern als Dekoration. Und so habe ich mich nun auch eingerichtet. Schon nach wenigen Wochen hatte ich ungefähr die Wohnatmosphäre, die ich mir gewünscht hatte. Außerdem hatte ich nie Platz für meine privaten Dinge erhalten. Meine Sachen waren unwichtig. Ich habe nie Platz bekommen, um sie einzuräumen.

Die schändlichen Spuren verschwanden und die Erinnerungen wurden langsam blasser.

"Tempus fugit et fugit. Manchmal bemerken wir das nicht einmal."

Nur richtig tief fühlen konnte ich es noch nicht. Eine Leere steckte immer noch in mir fest. Ich war teilweise wie gelähmt, versteckte mich aber nicht.

Ich war fleißig, ging zu Veranstaltungen, spielte regelmäßig Boule mit den Dorfbewohnern, nahm an einer Ausstellung teil und tat etwas, was ich schon seit einiger Zeit tun wollte. Die Lust, mich noch für andere Themen zu engagieren, war schon länger präsent, und das setzte ich auch in die Tat um.

Die Tage waren voll, in meinem Geist war ständig etwas los. Es gab keine Langeweile, keinen Stillstand. Ich habe da noch nicht bemerkt, dass es eine Art Flucht vor meinen Gefühlen war.

„Du redest darüber am besten nicht. Mit keinem", so etwas wurde mir geraten. Immer wieder habe ich darüber nachgedacht. Über die Intention, warum es mir geraten wurde und über den Sinn, warum ich es nicht tun sollte. Ich habe nichts falsch gemacht?

Diesen Wegweiser: Du darfst darüber nicht reden, vermag ich nicht in meinem Leben aufzustellen. Natürlich renne ich jetzt nicht zu wildfremden Menschen und erzähle über mein Leben, aber ich weiß, dass es immer Situationen geben wird und ich Menschen treffen werde, mit denen ich darüber reden will und werde. Weil es mir wichtig ist und weil es ein Teil meines Lebens gewesen war. Ich schäme mich nicht für das Fehlverhalten eines anderen Menschen und trage auch nicht die Verantwortung dafür.

Es ist keine Schande und hat auch nichts mit "Intelligenz" zu tun, in das perfide Netz eines Narzissten zu geraten. Das kann jedem Menschen passieren, niemand ist davor gefeit. Und niemand sollte sich dafür schämen müssen, wenn ihm so etwas widerfährt.

Es gibt genug Opfer. Und jedes einzelne Opfer hat seine Geschichte. Ich habe im Nachklang viele Bücher gelesen, die sich mit dem Thema „Narzissmus" beschäftigen. Fachlich, persönlich oder auch allgemein.

Narzissten haben oft Schwierigkeiten, eine echte und dauerhafte Bindung aufzubauen und können daher schnell neue Beziehungen eingehen, nachdem sie verlassen wurden. Sie suchen oft nach Bewunderung und Bestätigung, um ihr Selbstwertgefühl aufrechtzuerhalten, und suchen dies oft in neuen Beziehungen. Sie können auch manipulativ sein und ihr neues Opfer schnell dazu bringen, sich auf sie einzulassen. Er war immer extrem begeisterungsfähig, aber zeigte selten ein Durchhaltevermögen. So schnell begeisterter war, so schnell wurde es für ihn auch wieder gleichgültig und er brauchte etwas Neues.

Allerdings ist es nicht immer der Fall, dass Narzissten direkt nach dem Verlassen-werden ein neues Opfer finden. Manchmal kann es einige Zeit dauern, bis sie eine neue Beziehung eingehen. Darüber hinaus kann ein Narzisst auch in der Lage sein, seine Verhaltensmuster zu ändern und eine gesunde Beziehung aufzubauen, wenn er bereit ist, an sich selbst zu arbeiten.

Es ist wichtig zu betonen, dass nicht alle Menschen mit narzisstischen Persönlich-keitszügen auf die gleiche Weise handeln.

Jeder Mensch ist einzigartig und es gibt viele Faktoren, die ihr Verhalten beeinflussen können.

Narzissten sind oft nicht in der Lage, ihr eigenes Verhalten zu reflektieren oder kritisch zu sehen. In meinem Fall vermag ich sogar die These aufzustellen, dass die „Taten" gar nicht mehr als real getätigte Taten im Kopf sind, sondern komplett verdrängt worden sind. Vermutlich herrscht eine komplett, eigene Sichtweise der eigenen Taten im Geist.

Ich denke, dass Gewalt in psychischer und physischer Form ein wesentliches Thema in der vorherigen Beziehung meines Partners war, da ich die Gelegenheit hatte, etwas darüber zu erfahren.

Die damalige Partnerin hatte nicht den Mut gefunden, das anzuzeigen, aber ich konnte das komische Gefühl nicht ignorieren, das ich bei den gemeinsamen Treffen mit ihr hatte.

Ihre Blicke, Körperhaltung und Gesten vermittelten mir den Eindruck, dass sie Abstand hielt und Schutz suchte, indem sie stets ihren neuen Partner dabei hatte.

Ich konnte auch etwas in ihren Augen lesen - einen flüchtigen, scheuen Blick, der nicht haften bleiben wollte und konnte. All dies zusammen lässt mich vermuten, dass Gewalt ein zentrales Thema in ihrer vorherigen Beziehung war.

Schon damals gab es Gerüchte, die zu mir durchgedrungen waren: Er hätte sie gewürgt und es gab einen seltsamen Autounfall. Ich habe mir natürlich sofort Gedanken gemacht und ihn zur Rede gestellt.

„Ich habe nichts gemacht. Vielleicht habe ich sie ein wenig am Arm gepackt, als sie mir in einem Disput zu nahe gekommen ist", hörte ich seine Erklärung. Er versprach mit ernstem Blick, niemals eine Frau zu schlagen oder je geschlagen zu haben. Damals war ich irritiert, denn ich konnte das nicht wirklich glauben.

Aber ich hatte auch keine Beweise, die dem widersprachen. Auf mein kluges Bauch-gefühl habe ich damals nicht hören wollen.

In den ersten Phasen der Verliebtheit und des Kennenlernens werden "unangenehme Themen" oft einfach zu "Floskeln", die sich wie die "Bild-Zeitung" lesen. Heute weiß ich, dass er gelogen hatte und sie sowohl physisch als auch psychisch verletzt hat - und das nicht nur einmal.

Ich komme zu dem Schluss, dass seine Wahrheit eine andere ist, als die tatsächliche Wahrheit und dass er sein eigenes Fehlverhalten nicht einschätzen kann. Er schüttelt es ab und weigert sich, damit konfrontiert zu werden.

Ich blicke mit Frieden zurück, obwohl es ein emotionaler und mühevoller Weg war.

Das Wiederaufbauen von Vertrauen wird eine sehr große Herausforderung sein. Ob jemals wieder ein Mann mein Innerstes zu sehen bekommen wird, das weiß ich nicht.

Justitia – oder ist Gewalt gegen Frauen zu billig?

Der Termin stand fest. Zitternd hielt ich die Ladung in meinen Händen. Als Hauptzeugin war ich in diesem Verfahren aufgeführt, bei dem es unter anderem um Körperverletzung geht.

Ich musste schlucken, ballte meine Faust und stampfte kurz mit dem Fuß auf den Boden.

"Das schaffst du", signalisierte ich mir selbst. Auch "du schaffst das, weil du stark bist", schob ich gedanklich noch einmal nach.

Es waren noch etwa vier Wochen vor mir, in denen ich mich bemühte, mich abzulenken, aber dennoch alles tat, um möglichst gut vorbereitet zu sein. Drei Tage vor dem Termin hatte ich mich daher mit meiner Anwältin zu einer Besprechung verabredet.

Ein Psychologe, der auch als Gutachter tätig war, bot mir an, ein Gespräch mit ihm zu führen. Ich nahm erleichtert und dankbar an. Ich hatte große Sorge um meine Emotionalität, da ich immer wieder Musik hörte, Bilder im Geist sah und Tränen in den Augen hatte.

Ich konnte spüren, wie tief der Schmerz in meiner Seele saß und immer wieder hervortrat. Musik war immer noch meine beste Medizin. Wenn ich laut mitsinge, musste ich oft kräftig schlucken und manchmal weinte ich sogar beim Singen.

Aber danach fühlte ich mich erleichtert. Es war, als ob die Musik ein tonaler Seelen-Radierer wäre, der mich von meiner inneren Last befreite.

Am Tag des Anwaltstermins war ich tatsächlich fast ruhig und nur wenig angespannt. Es waren ein paar Meter durch den Regen bis zu ihrer Kanzlei. Ich war, wie so häufig, viel zu früh und wartete. Ich lenkte mich ab und las. Nach rund zwanzig Minuten stand die Anwältin vor mir mit ihrem festen Blick und bat mich in ihr Büro. Wir saßen uns gegenüber und sie erklärte mir, dass es fünf Anklagepunkte gibt. Ich nickte und hörte zu. Sie erläuterte mir auch mögliche Fachbegriffe, die in der Verhandlung fallen könnten und die mich eventuell irritieren könnten.

Wir tauschten uns noch ein wenig über die letzten Monate aus und am Ende sagte sie zu mir: "Sie sind jetzt eine ganz andere Frau. Sie schaffen das!" Ich musste lächeln und verließ ihre Kanzlei mit einem guten Gefühl. Anschließend ging ich noch in die Innenstadt in ein Café und genoss einen Kaffee. Ich saß am Fenster, beobachtete die Leute und fühlte mich friedlich. Ich wusste, dass es bald vorbei sein wird.

Am Abend vor der Verhandlung machte ich "Facetime" mit dem Psychologen, und er erläuterte mir einige wichtige Punkte und fragte mich nach meinem Befinden. Es gab viele Fragen, die ich klar und fest beantworten konnte. Ich fühle mich stark genug, egal, was auch kommen mag. Aber, das fragte ich mich, ob ich überhaupt so stark wirken darf?

Macht das nicht unglaubwürdig? Ich war so fokussiert, dass es mich selbst erschreckte.

Meine Bekannten hatten angeboten, mich zur Verhandlung zu fahren. Ich war ihnen unendlich dankbar, denn ich wäre mit dem Verkehr und der Suche nach einem Parkplatz total überfordert gewesen. Für mich war das alles neu.

Am Tag der Verhandlung wachte ich früh auf und fühlte, dass ich stark sein werde. Egal, was kommen mag, ich würde es schaffen. Ich zog mir Kleidung an, in der ich mich wohl fühlte, und duschte intensiv.

Die Sonne schien, das Wetter war schön. Immerhin dachte ich, dass ich keine Angst davor habe, ihm gegenüberzutreten.

In den letzten Monaten hatte ich viel über Narzissmus gelesen und verstanden, so viele Passagen waren deckungsgleich mit meiner eigenen Geschichte.

Nur es war keine Geschichte, sondern die Realität und ein unendliches Leid über viele Jahre. All das wog schwer auf mir, aber es motivierte mich auch zu einer unfassbaren Stärke.

Meine Begleiter und ich waren sehr früh aufgebrochen und kamen viel zu früh im Gericht an. "Das macht doch nichts. Wir warten einfach", sagte meine Begleiterin mit ihrer warmen und herzlichen Art. Ich konnte mich so an sie drücken und vergraben, denn im Gericht spüre ich, wie ich nervös werde. Es war keine Angst, sondern vielmehr ein Konvolut verschiedenster Emotionen.

Wir hatten uralte Holzbänke in der Nähe des Gerichtssaals entdeckt und uns dort niedergelassen.

Es folgten lockere Gespräche, als wären wir bei einer Kaffeerunde. Das war seltsam. Die Sonne schien hell, und irgendwann fiel mein Blick auf ihn. Er stand in einem großen Flur, lehnte sich an einem Pfosten an und wartete auf seinen Anwalt. Obwohl ich ihn sah, konnte ich keine emotionale Regung in mir spüren. In den letzten Monaten hatte ich zu viel verstanden.

Wir redeten weiter, als ob er nicht da wäre. Wir lachten und scherzten. Irgendwann gesellten sich auch meine beiden Nachbarn zu uns und wir saßen nun zu fünft auf den Holzbänken.

Die Verhandlung begann schließlich, aber wir als Zeugen mussten draußen warten. Alles schien endlos zu dauern. Ich scharrte schon mit den Füßen und kniff meine Hände zusammen. Ich spürte, dass ich doch nun sehr aufgeregt und nervös war. Wie würde es wohl werden? Ich wusste es nicht und musste es auf mich zukommen lassen.

Nach einer gefühlten Ewigkeit hörte ich, wie mein Name aufgerufen wurde. Ich richtete mich auf und ging mit geradem Rücken in den riesigen Saal. Sehr weit entfernt vom Richtersitz durfte ich Platz nehmen. Seitlich sah ich ihn und seinen Anwalt sitzen. Ich betrachtete jeden Menschen bewusst, der in diesem Saal saß.

Nach der Belehrung wurden erste Fragen gestellt. Sie waren unangenehm, aber ich war darauf vorbereitet. Als typischer Narzisst sah er sich, wie auch schon bei unserer ersten Begegnung, als "Opfer" unserer Beziehung an. Die meisten Menschen fallen leider auf seine Masche herein und nur selten schaffen es Menschen hinter seine Fassade zu schauen.

Er konnte aus dem Nichts Tränen produzieren, wenn er es für wichtig hielt, doch ansonsten verurteilte er Tränen und hatte mir sogar immer verboten zu weinen.

Natürlich musste der "unbefangene" Richter auch meine Glaubwürdigkeit testen. Ich versuchte mit möglichst fester Stimme, mich an seine Taten möglichst genau zu erinnern.

Es waren viele.

Die an diesem Gerichtstermin aufgelisteten waren nur die Spitze des Eisbergs. Es ging über viele, viele Jahre. Schon in Recklinghausen hatte er zu häufig die Fassung verloren, doch richtig gewalttätig wurde er erst in Ostfriesland.

Vermutlich wähnte er sich hier in Sicherheit, da meine Eltern weit weg wohnten. Ich wurde zu seinem "Punching-Ball". Schon immer hat er viel gelogen, dass erfuhr ich aus Gesprächen mit seiner Schwester und einem Jugendfreund.

Die Fragen des Richters waren teilweise provokant, dennoch konnte ich aus ihnen ableiten, was "er" ungefähr ausgesagt haben könnte. Ich kannte ihn gut und hatte das Wesen des Narzissmus verstanden.

Ich spürte, wie mein Körper zitterte und Wut in mir aufstieg. Ich ballte die Faust und blieb dennoch standhaft. Meine Stimme klang überzeugend und fest - zumindest sollte sie es, aber ich war mir nicht ganz sicher.

Offensichtlich hatte der Richter wenig Verständnis für das Verhalten narzisstischer Menschen. Er sprach immer von einer "toxischen" Beziehung auf beiden Seiten.

In mir lagen viele Argumente, doch ich begrub sie gut, denn an diesem Tag waren sie nicht wichtig. Außerdem hätte ich diesen Richter auch nicht aufklären können oder wollen.

Nach vielen Fragen war ich schließlich erlöst. Nun begann die zweite Runde. Der Anwalt stellte noch einige Fragen, deren Inhalt ich weder verstehen noch nachvollziehen konnte. Es war mir jedoch egal, da ich diesen Sinn nicht erfassen musste.

Endlich wurde ich "entlassen" und es stand mir frei, im Gerichtssaal zu bleiben. Ich setzte mich auf die Besucherbank und nach mir folgten die Zeugenaussagen der Nachbarn. Sie berichteten, was sie gehört hatten, und das war auch gut so. Sie hatten niemals meine Stimme gehört, sondern immer nur die des Angeklagten.

Dann hörten wir die Forderung der Staatsanwaltschaft. In meinem Kopf formulierte sich blitzschnell diese Frage: **Wie billig ist Gewalt gegenüber Frauen?**

Nun folgte das Plädoyer seines Anwalts. Was ich da zu hören bekam, ließ mich fast erschaudern.

Er hatte sämtliche Sachverhalte komplett durcheinandergebracht. War das Absicht? Aber wenn es Absicht war, was wäre der Vorteil? Ziemlich verwundert lauschte ich seinen Ausführungen und musste fast schmunzeln. Ich habe noch nie einen so seltsamen Anwalt vor Gericht erlebt und ich hatte als Jugendliche eine Art „Schnupperstudium Jura" besucht, wo interessierte Schüler sich intensiv informieren konnten. Es war ein Lehrgang mit einem Amtsrichter gewesen, der fast ein halbes Schuljahr gegangen war. Ich habe damals viele Anwälte erlebt.

Die Verhandlung wurde unterbrochen, als er mit seinem Anwalt nach draußen ging. Wir blieben sitzen und unterhielten uns. Meine Begleiter sagten: „Wir sind erschrocken, wie kalt er ist! Das ist unfassbar. Er zeigte ja nicht eine einzige Regung".

Auch das hatte ich vorausgesehen. Genauso hatte er sich verhalten, als es um das Ende seiner Ehe ging. Auch damals war er "das Opfer" gewesen und seine Ex-Frau die einzig Schuldige.

Als ich ihn damals kennengelernt hatte, war er ein Haufen Elend. Er lag an vielen Abenden bei mir auf dem Schoß und erzählte, wie schlimm alles für ihn war, nachdem seine Ehe überraschend zu Ende gegangen war.

Seine Exfrau hätte ihn kaltschnäuzig betrogen und er fühlte, dass alles verloren war - das neugebaute Haus, die Sicherheit seiner Zukunft. Er erzählte mir auch, wie er versucht hatte, die Lücke in seinem Leben zu füllen, indem er sich immer wieder mit Frauen traf, teilweise auch mit solchen, die seine Töchter hätten sein können. Aber keine von ihnen sei bei ihm geblieben. Es waren nur kurze Episoden.

Und dann wäre ich ihm vor die Füße gelaufen. Er sagte, dass er noch nie so verliebt gewesen sei. Ein Narzisst kann das gut - den potentiellen Partner um den Finger wickeln. Wie ein Traumprinz ritt er in mein Leben und überschüttete mich mit Komplimenten und Fürsorge. Das war schon beängstigend. Gab es wirklich so etwas?

Ich war oft unsicher in der Anfangsphase. War das das "große Glück", von dem jeder Kitschroman schrieb?

In den ersten Wochen schwebte ich nur so durch die Tage, nachdem wir sehr schnell zusammengezogen waren. Sein Leben war ein ziemliches Chaos, da er sich um keine Rechnungen oder Dokumente mehr gekümmert hatte. Mahnungen und sogar "gelbe Briefe" häuften sich.

Schon nach wenigen Tagen bat er mich darum ihm ein paar Hundert Euro zu leihen.

Ich wusste, dass es so nicht weitergehen konnte und sagte ihm, dass alles zu ignorieren keine Lösung sei. Doch seine Antwort war: "Ich schaffe das aber nicht. Ich kann das nicht", und er zielte damit genau auf das, was er wollte - meine Hilfe.

Die folgenden Termine, Schreibarbeiten, Gespräche und Organisation waren notwendig, um inmitten seines Chaos-Lebens Ordnung zu schaffen. Es wurde klar, dass die eheliche Immobilie verkauft werden musste und dass nur ein privates Insolvenzverfahren den Mann aus seiner misslichen Lage befreien konnte.

Obwohl die Situation unangenehm war, konnte er auf die Unterstützung meiner Familie und mich zählen.

Wirklich dankbar zeigte er sich nicht. Aber das ist typisch für einen Narzissten. Er kennt keine Dankbarkeit - er erlebt nur seine eigenen Ich-Gefühle.

Zurück zur Verhandlung: Wir fünf saßen alle auf der Besucherbank und unterhielten uns. Unzählige Situationen kamen mir in den Sinn und ich musste meine Wut mehrmals unterdrücken, indem ich meine Faust ballte.

Wann würde es endlich weitergehen? Und wie würde das Urteil aussehen?

Würde es der Forderung der Staatsanwaltschaft entsprechen oder den Wünschen des Anwalts?

Dann kehrte der Angeklagte mit seinem Anwalt in den Saal zurück. Beide flüsterten miteinander und setzten sich.

Wie billig ist die Gewalt gegenüber Frauen nun?

Ich musste tief durchatmen, lehnte mich an und spürte, wie meine Hände zitterten. Gleich würde ich erfahren, wie der Richter entschieden hatte.

Der noch relativ junge Richter holte ein Blatt hervor und bat uns alle aufzustehen. Er las einen langen Text vor, von dem ich zunächst nur die Strafen aufnahm. Während der Verlesung sah ich fest in die Augen des Anwalts meines Gegenübers, und dieser zuckte zusammen. Offenbar hatte er mit diesem Ergebnis nicht gerechnet.

Mein Gegenüber wurde verurteilt, und dem Vorschlag der Staatsanwaltschaft wurde sogar noch in einem Punkt etwas entgegengesetzt. Er ist nun vorbestraft. In meinem Kopf hatte ich das Bild seiner Exfrau, die möglicherweise damals nicht genug Mut hatte, diese Schritte zu gehen.

Ich kann es verstehen. Es kostet viel Kraft und man muss viel aushalten können, auch das sich Menschen von einem abwenden, weil sie lieber der Geschichte des Narzissten glauben.

Das ist nicht schlimm, denn es wird auch in dieser Beziehung irgendwann so sein, dass sich das wahre Gesicht des Narzissten offenbart. Er kann nicht anders.

Für mich fühlte sich die Strafe jedoch immer noch relativ billig an! Für die Schläge an meiner Seele und an meinem Körper war es praktisch nichts.

Er nahm es ohne ein Zucken auf und reagierte nicht, was zu erwarten war. Er sieht sich im Unrecht. Der Richter hielt eine ganze Litanei von Erklärungen ab, und als er sagte, dass auch ich 'Schuld' hätte, musste ich schon ein wenig schmunzeln.

Habe ich Schuld daran, geschlagen, beleidigt und unterdrückt zu werden?

Nein, das habe ich nicht. Ich habe es geschluckt. Der Richter war selbst noch jung und vermutlich zu unerfahren, um über Narzissmus Bescheid zu wissen. Weiterhin sprach er von einer 'toxischen Beziehung' zwischen uns beiden. Auch da musste ich ein wenig schmunzeln. Dann wäre ich ja die 'dritte toxische' Beziehung des Angeklagten gewesen?"

Auch seine zweite Beziehung/Ehe endete so wie unsere, mit viel Gewalt - physischer und psychischer Art. Seine Exfrau litt lange Zeit unter Angst und hatte eine gequälte Seele, und ich wusste, dass sie sogar therapeutische Hilfe benötigt hatte. Aber all das konnte der Richter nicht wissen.

Gerüchte über Gewalt gab es auch in seiner ersten Beziehung zu einer Frau.

Ich war völlig erschöpft. Ich zitterte, als ich den Raum verließ. Ich fühlte mich durchgeprügelt und war verwirrt. Wie soll eine Frau, die vielleicht nicht so stark ist wie ich, eine solche Verhandlung überstehen?

Es ist tatsächlich ein extrem schwieriger Weg, häusliche Gewalt anzuzeigen. Es erfordert Mut, sich zu erklären, den geschundenen Körper begutachten zu lassen (ich kann dieses Gefühl nicht einmal mit passenden Worten beschreiben), bei der Polizei auszusagen und dann im Gericht zu sprechen. Es ist ein Weg, der unfassbar viel Kraft erfordert, sich aus einer Beziehung mit einem Narzissten konsequent zu lösen.

Und dann kommt eventuell die Verhandlung, aber nicht immer gibt es eine. Viele Verfahren werden gegen eine Geldbuße eingestellt oder gar nicht erst eingeleitet.

Wie müssen sich die geschändeten Frauen fühlen? Es kostet nicht nur viel Mut, diese Schritte einzuleiten, sondern auch jegliche Kraft und Stärke, die in ihnen nach dem vielen Leid noch steckt, zu mobilisieren.

Stärke ist etwas, was unbedingt benötigt wird, aber woher soll sie kommen, wenn man oft lange Zeit, meist viele Jahre, heruntergedrückt wurde? Welche Spuren seine Unterdrückung bei mir hinterließen, merken auch heute noch Menschen, die mich nicht so gut kennen. Ihnen fällt auf, dass ich mich ständig entschuldige oder Ausreden suche.

Ich bin noch nicht in der Lage, mein eigenes Selbstvertrauen zu zeigen. Es entwickelt sich nur sehr langsam. Da es mir aber hin und wieder schon selbst auffällt, weiß ich, dass ich mich auf dem richtigen Weg befinde.

Auch die Wut wird blasser. Das schafft die Musik, das schafft der friedvolle und freie Alltag. Das schafft der freie Raum, in dem ich nun lebe. Ich muss mich nicht mehr erklären. Ich kann ein Fenster - einfach so - öffnen oder die Heizung aufdrehen, wenn mir kalt ist. Ich kann das tun, wonach mir ist. Eine komplett neue Freiheit, die ich sehr zu schätzen weiß.

Viele, sehr viele Jahre war ich nur auf der Hut.

Kein falsches Wort, keine falsche Handlung. Denn alles das hätte Konsequenzen. Das Öffnen eines Fensters zum Lüften oder der Vorschlag, den leeren Tank des Autos zu füllen, war oft mit einem wahnsinnigen Streit verbunden. Selbst beim Einkaufen musste ich genau überlegen, wie ich mich zu verhalten hatte. Meine Eltern wurden zum Hassobjekt.

Er wollte mich von ihnen isolieren, aber unsere familiäre Verbundenheit war stärker. Das hatte er nie geschafft.

Es tat mir aber in der Seele weh. Dabei war das Ziel, sie von mir zu entfernen. Ein Narzisst will die Isolation. Er möchte alles kontrollieren.

Wie billig ist also Gewalt gegenüber Frauen?

Jeden Tag werden Frauen durch Männer verletzt, traumatisiert oder gar getötet – nicht zuletzt weil sie frei und selbstbestimmt leben wollen. Das Ausmaß an frauenfeindlicher Gewalt ist auch im Jahr 2022 noch erschütternd. Umso wichtiger ist es, geschlechtsspezifische Gewalt als solche zu

benennen - und diese Taten auch mit der gebotenen Strenge zu bestrafen."

Bundesjustizminister Dr. Marco Buschmann zum Internationalen Tag zur Beseitigung von Gewalt gegen Frauen:

Momente danach ...

Das Wort "Autobahnfahren" löst bei mir schon Gänsehaut aus, und ich kann nicht genau erklären, warum es sich in meinem Kopf zu einem Albtraum entwickelt hatte. Es war sicherlich ein längerer Prozess, der durch eine erlebte Panikattacke auf der Autobahn verstärkt wurde.

Viele Jahre lang habe ich die Autobahn gemieden. Ich bin fast zwanzig Jahre lang überhaupt nicht auf der Autobahn gefahren, aber mit 41 Jahren wurde ich ins kalte Wasser geworfen. Zu dieser Zeit gab es die sogenannte "Love Bombing"-Phase des narzisstischen Partners, in der ich mit Komplimenten überhäuft wurde und schließlich aufgefordert wurde, mit einem Sportwagen auf der Autobahn zu fahren.

Ich war aufgeregt und wollte meine Bedenken nicht ansprechen. "Es ist nur eine Straße", flüsterte ich mir selbst zu. Anspannung ergriff mich, als ich das Steuer ergriff und losfuhr, als ob ich ständig auf der Autobahn unterwegs wäre. Ich kann die Gefühle, die ich damals hatte, nicht beschreiben. Es war ein Gefühl der

Erleichterung und des Glücks. Es wurde jedoch anstrengend, als die Person neben mir sagte: "Du musst schneller fahren. In Deutschland gilt auf Autobahnen eine Richtgeschwindigkeit von 130 km/h". Ich fuhr nur 120 km/h und gab ängstlich mehr Gas.

Irgendwie konnte ich das Auto fahren, aber entspannen konnte ich nicht. Noch drei- oder viermal musste ich das Lenkrad übernehmen, aber danach wurde ich als "lahme Ente" bezeichnet. Schnelles Fahren lag mir einfach nicht. „Du bist zu blöd zum Autobahnfahren", bekam ich stets zu Hören.

Aus diesem Grund vermied ich es viele Jahre lang, auf Autobahnen zu fahren und fuhr nur als Beifahrer mit. Oft hatte ich Todesangst, da mein Fahrer wie ein Verrückter fuhr.

Er fuhr fast immer auf der linken Spur, drängelte und fluchte, wenn jemand langsamer überholte. Er fuhr mit unglaublicher Geschwindigkeit auf Autos zu, die gerade überholten, und schimpfte laut: "Ich werde ihn jetzt erziehen und ihn auf die rechte Spur zwingen." Ich hatte oft Angst."

Autobahnfahren ist für mich in den letzten Jahren zu einem Albtraum geworden. Es gab nur wenige Fahrten von der Nordseeküste ins Ruhrgebiet, meistens um meine Familie zu besuchen. Aber jedes Mal hatte ich Angst um mein Leben und es war eine Fahrt des Horrors.

Nach dem Ende der leidvollen Beziehung wollte ich alleine fahren, auch auf der Autobahn. Ich war aufgeregt, aber auch zuversichtlich, dass ich es schaffen würde. Es war ein dunkler Novembermorgen, an einem Sonntag. Ich wollte früh losfahren und startete um 9:00 Uhr morgens. Die Strecke betrug etwa 300 Kilometer und die Temperaturen näherten sich der Frostgrenze.

Leere Straßen, Lieblingsmusik und kühle Luft umgaben mich, als ich mich auf den Weg zur Autobahn machte. Ich dachte nicht weiter nach, sondern fuhr einfach los. Bald darauf befand ich mich auf der Autobahn, jedoch fuhr ich noch mit einer Geschwindigkeit von rund 110 km/h auf der rechten Spur.

Ich versuchte, das Gefühl zu genießen und es fühlte sich nicht schlecht an. Ich war ruhig und besonnen und sang kräftig mit zu meinem Lieblingslied "Libertad" aus Südamerika. Der Text des Liedes hatte für mich eine tiefere Bedeutung, "Freiheit" war mehr als nur ein Wort.

Ich traute mich, einige langsamere Autos zu überholen, wobei ich jedoch stets gleichmäßig und ruhig fuhr. Nach etwa zwei Stunden Fahrt wurde ich etwas steif und müde. Ich räkelte mich auf meinem Sitz und trank ein paar Schlucke Kaffee, um meine Lebensgeister wiederzubeleben. Das Ziel rückte näher und das Navi sagte mir, dass ich in ca. 45 Minuten in Nordrhein-Westfalen ankommen würde.

Die Sonne kam zögerlich hervor und es war auch im Ruhrgebiet kalt. Ich fühlte mich gut und ruhig, als ich auf der relativ leeren Autobahn fuhr.

Jedoch, als ich die Abfahrt "Henrichenburg" sah, spürte ich einen Kloß im Hals und Tränen rannten über mein Gesicht, die ich tapfer hinunterschlucken wollte, aber es gelang mir nicht. Ich weinte, weil ich emotional überwältigt war.

Aber es waren keine Tränen der Traurigkeit. Vielmehr empfand ich Erleichterung und einfach einen Moment der Fassungslosigkeit über meine eigenen Taten und mein Können. Deutlich spürte ich in diesem Moment, dass der Schrecken keinen Wert mehr hatte und die Autobahn kein Problem mehr für mich war.

Mein Selbstvertrauen bzw. Selbstbewusstsein ist noch lange nicht wieder im Gleichgewicht. Es schwankt immer wieder und hängt von bestimmten Erlebnissen, Begegnungen und Momenten ab, die mich beschäftigen und meine Emotionen beeinflussen.

Es wird noch ein langer Weg sein, bis ich wieder in der Lage bin, Nähe zu zeigen oder Vertrauen aufzubauen.

Im Moment gibt es nur eine Handvoll Menschen, denen ich einen kleinen Einblick in mein wahres Ich gewähren kann. Ich habe schon viele Tränen vergossen.

Erinnerung:

Es geschah in der Adventszeit, als Corona in aller Munde war. Jeder sprach von Impfungen und trug weiterhin eine Maske. An einem Samstagnachmittag klingelte plötzlich das Telefon. Ich nahm den Hörer ab: "Nicole, etwas ist passiert. Du musst kommen. Dein Vater hatte einen Herzinfarkt. Es sieht nicht gut aus." Mein Vater hatte am Vortag eine Corona-Impfung erhalten.

In solchen Momenten fühlt man sich leer. Man weiß nicht, ob man sich in der Realität befindet oder in einer anderen Welt.

Alles geschah sehr schnell. Wir packten unsere Sachen notdürftig zusammen. Er meckerte und schimpfte. Ich nahm nicht viel davon wahr und packte wie in Trance einige Dinge ein. Nur wenige Minuten später waren wir bereits auf der Autobahn. Es regnete und war dunkel.

Er gab von Anfang an ordentlich Gas, sogar mehr als üblich. Ich klammerte mich fest an den Sitz und wagte es nicht, etwas zu sagen.

Er fuhr immer schneller, während der Regen immer stärker wurde.

Ich konnte es nicht länger ertragen. Ich musste etwas sagen.

„Auch wenn du so rast, wird es meinem Vater nicht helfen. Ich habe Angst", sagte ich zitternd.

Doch das war wieder falsch und zu viel. Er trommelte wie ein Verrückter auf dem Lenkrad herum und trat besessen auf das Gaspedal. „Ich zeige dir jetzt, wie schnell ich fahren kann, und du dumme Pute sagst mir nicht, wie ich Auto fahre." Er trat das Pedal bis zum Anschlag durch und wir rasten wie Wahnsinnige. Ich hatte eine Todesangst.

In seinen Augen stand Wahn. Er beschimpfte mich immer wieder. Ich schwieg, hielt mich fest und dachte, dass mein Leben nun zu Ende sein würde. Das werde ich nicht überleben. Ich konnte ihn nicht einmal ansehen.

Er raste immer noch weiter und wetterte. Er konnte sich nicht beruhigen. Der Regen prasselte gegen die Scheibe. Es war eine wahnsinnige Situation.

Irgendwann wurde er langsamer. Ich schwieg immer noch.

"So, nun weißt du, wer hier das Sagen hat", schimpfte er erneut. "Du dumme Pute. Du hast hier gar nichts zu sagen. Du bist selbst zu blöd zum Autofahren und willst mir erklären, wie ich fahren soll", sagte er.

Ich schwieg.

In mir reifte der Entschluss, dass ich aus diesem "Leben" fliehen muss. Am besten sofort, ganz schnell.

Wenn du dich im Spiegel betrachtest, schaut manchmal eine Fremde zurück. Es scheint, als würde sie dich kennenlernen wollen, aber du lächelst nur vorsichtig zurück. Du schreckst vor neuen Verletzungen zurück und wendest lieber den Blick ab.

Ich möchte mich auf diesem Weg bei den Menschen bedanken, die in den schweren Zeiten meines Lebens für mich da waren.

Auch wenn ich keine Namen nenne, so wissen sie doch alle selbst, wer hier gemeint ist.

Es waren diejenigen, die mich in den Arm genommen und getröstet haben, die mich abgelenkt und mir ihre Aufmerksamkeit geschenkt haben. Diejenigen, die mir mit ihrem Lächeln Mut gemacht haben, wenn ich es gebraucht habe.

Ohne Euch hätte ich es nicht geschafft, diese Zeit zu bewältigen. Ihr habt mir gezeigt, dass ich nicht alleine bin und dass es immer Menschen gibt, auf die ich mich verlassen kann.

Ihr habt mir gezeigt, dass es auch in dunklen Zeiten immer einen Grund gibt, zu lächeln. Ich danke euch von Herzen für eure Unterstützung und hoffe, dass ihr wisst, wie viel ihr für mich bedeutet.

Musik ist eine der wichtigsten Ausdrucksformen der menschlichen Kultur und spielt eine wichtige Rolle in vielen Aspekten unseres Lebens. Sie kann uns trösten, inspirieren, uns Freude bereiten, unsere Stimmung beeinflussen und uns helfen, Erinnerungen zu schaffen und zu bewahren.

Musik kann auch eine therapeutische Wirkung haben und bei der Bewältigung von psychischen Problemen, wie Depressionen und Angstzuständen, helfen. Darüber hinaus kann Musik auch eine positive Auswirkung auf die kognitive Entwicklung von Kindern haben.

In der Kunst, im Film und in den Medien spielt Musik eine wichtige Rolle bei der Schaffung von Atmosphäre und Stimmung. Auch in sozialen Situationen, wie Festen und Feiern, ist Musik oft der Mittelpunkt.

Insgesamt ist Musik eine universelle Sprache, die Menschen auf der ganzen Welt verbindet und eine wichtige Rolle in unserem Leben spielt.

Musik ist die Sprache der Leidenschaft - Richard Wagner